石井辰彦歌集

SUNAGOYA SHOBO

現代短歌文庫

砂子屋書房

石井辰彦歌集☆目次

石井辰彦歌集

秋墳鬼唱鮑家詩
恨血千年土中碧

——李賀「秋來」

七竈

『七竈』（造本＝著者、深夜叢書社、一九八二年）の全篇（全一五〇首）を収録した。本書に収めるにあたって僅かな点竄を施し、併せて一首一首に通し番号を附した。この番号は、一頁一首組にレイアウトされている原著『七竈』のノンブルに代わるものである。その使用法については本書32頁から始まる「NOTES」を参照されたい。『現代短歌大系』第11巻『新人賞作品・夭折歌人集・現代新鋭集』（三一書房、一九七三年）に現代短歌大系新人賞受賞作品として収載された「七竈」の初出テクストは、「七竈 Urtext」として別途本書に収めた。また、原著の函に掛けられたダストジャケット（意匠は鯨幕を模している）のフラップに印刷されている「副歌集『熊野灘』より」七首は、デザイン上の一種の遊戯であり、これを割愛した。これら七首は、『海の空虚』（不識書院、二〇〇一年）収載の特殊な構造の連作「犬二匹ま juvenilia」に全て組み込まれている。

深井　*1976*

喉《ノド》や渇く　深井の底のまひるまの亂るる星の天《そら》を汲まばや　1

われもまた血潮の子なりゆきずりの君と共寝の星くづの宿　2

降る星の雫よ眠れねがはくは我が蛻《もぬ》きたる森を臥所に　3

杳冥《えうめい》の森かもしかも樹てふ樹の響くがごとく啼ける鶯　4

蜜蜂の羽音かそけし薫りつつかよふ世界の息《イキ》の絶え間に　5

火の正午《まひる》知るこそ黑き天鵞絨の蝶が運命《さだめ》と撃つべし蝶を　6

爛れゆく疫病《えやみ》の海や蹠《あなうら》に稲妻持てる兒を撃てる夜《よる》　7

突堤のはたての海は霞みつつ身がまなざしとともに眞青《まさを》し　8

春とかや釣針ひとり垂るるひとの海とおなじき色の襯衣《シャツ》着る　9

岬から春とはなりぬ新任の燈臺守は男前とか　10

馨《かぐは》しき春をめせてふ花うりの聲さへかをる街につきにけり　11

生憎《あやにく》の雨や一駄の花の荷を背負いて濡るる瀝青の馬　12

薫りつつ秋は來にけり若者のになへる菊の荷のいさぎよさ　13

14 紅葉《もみ》つこの秋のわたりに川守のなどて黙《もだ》せる仄笑まひつつ

15 宿鮎《さびあゆ》の落ちゆくならむ川の瀬の光あまねく夕月の色

16 サーカスの侏儒《こびと》濃い目のコーヒーを好み今宵も月はみづいろ

17 探偵も殺し屋も支那人にして去りゆく翡翠色の沓音《くつおと》

18 遊君の眉《まみ》かすみたり残りなく花の散りたるあとの夕暮

19 山彦は病みあがりダム工事場に男　男を戀ふる夕暮

20 暮れてまた雪とはなりぬ軟禁の獵男《さつを》がために啼け一ッ猿

21 はなれ湯は月さへ淡し愛を知らぬ若き樵夫《きこり》の背もかすむほど

初雪の夜勤明けとは　うら若き獄吏ふとうたた寝より目覚め　22

うすあをき兄のうなじを火照《ほて》らせて相合井戸は朝靄のなか　23

下駄履きの青年洗ひ髪なるが乗り來るバスは港町行き　24

夕日影より淡き血や兄と呼ぶひとの通へるボクシング・ヂム　25

人を戀ふるすべ知らざれば雪どけの市街電車にただひとり乗る　26

純白の帆布《ほぬの》にくるまれてねむる水夫おそらく前世はかもめ　27

七月の空に帆船　港には客船白きペンキぬりたて　28

あけぼのの入江出でては白き帆よ孕め風てふ意志の拳を　29

海に臨まば身もまた荒るる海とならむ　星また船よ我がうちに沈め　30

夏の日は暮れず　水平線上の貨物船しづかに燃ゆるなり　31

いつはりの愛きはまれり黄金《わうごん》の三時ニセアカシアは降るかも　32

絶間なく地に降りそそぐ悔恨の薄暮誰《た》が汲む裏庭の井戸　33

媚薬には銀のさかづき毒薬のためには兄のやはらかき耳　34

愛餐の兄いまはなし血の色の酒に苦艾《にがよもぎ》を混ずるかな　35

帽子屋は花屋のとなり「トゲトゲの荊《イバラ》ちやうだい」てふ聲を聞く　36

小鳥賣る店を掠めて少女《せうぢよ》らが理科實驗の日のまはり路　37

山賤《やまがつ》のくちびる朱し恐《かし》こくも神の雉子《きぎす》の肉を食ひたる　38

越え暮るる山をあやなす神といふは聲あり　かかる神の危《あやふ》さ　39

さ丹《に》頬《つら》ふ紅葉の山に降る雪に聲ひびかせて行くわれらかも　40

青みつつ笑へる山や山賤《やまがつ》のゑくぼの頬の髯は剃りたて　41

山の井に夏を鎮めてしづめやまぬ山人《やまびと》若き火ののどぼとけ　42

見上ぐれば涼しの月や汝が頬はゑくぼの影にさと掠められ　43

墓場からのぼれる月や白皙の従兄《イトコ》は皓き絲切歯持ち　44

蒼白き月の夜《よ》君の祝婚の花となすべき花摘みにゆく　45

病む兄の吹く笛の音はやみたるに不實の月や野にかすみたる　46

誰《た》が吹ける口笛ぞ吾が夕映のなかに鞦韆《ふらここ》そと漕げるとき　47

いつになく靜けき春や夭折の家系に生《あ》れし君笑めばなほ　48

草笛を吹きつつ君は去りゆくを空の青さは野ににじみたり　49

曝さるる心な褪せそすくなくも我が茄子紺の夢さらさらに　50

櫻貝　*1973 – 1974*

51 貝寄する風とや今朝は濱に多《さは》に敷くにことかきただ櫻貝

52 苔の戸を敲けば肩に散る花の響きとよみて果つるなき春

53 端無くも花の樞《とぼそ》にいたりては挑まずや予も薄粧《うすけはひ》せむ

54 瞽女《ごぜ》の訪《と》ふ奥の田畦に咲き滲む花の菜ならで御所櫻とは

55 野葡萄の花咲く野邊に鈍色《にびいろ》の影の掠むる盲目は不意

千早振る神の門《ト》渡り海原に笑まふ男《を》の子《こ》の眼のすみれ色　64

棘《トゲ》は我が人差指に吾が呼ばふ聲は港の若者の肩　65

月の出汐《いでしほ》　その月を射る矢のごとく海面《うなも》にボート漕ぐ者の力　66

梔子《くちなし》は朽ちつつ薫る若者の汗の蓐《しとね》の熟るる眞晝に　67

遙けくも山はもみぢ葉　少年の膝の冷えゆく秋の夕暮　68

霞みつつ暮るれば花は翦《き》るに堪へずやよ君せめて唄うたへかし　69

僞《いつは》りの時雨ぞ過ぐる　この夜《よ》さり君が誠は青く澄みたり　70

星は盡き月は沈みぬ見ぬ人を戀ふる我君《あぎみ》の死黑子《しにぼくろ》かも　71

72 なにゆゑにかくは歌へる過ぎ去りし嘆きを君は透きとほりつつ

73 この夜《よ》さり命《いのち》すら凪ぎ我君《あぎみ》我君《あぎみ》　君と想はむ深海の魚《いを》

74 君が名を呼ばむに舌にシトロンのかをりかへりて口籠る朝

75 楡の莢《み》はその數知らず　歩みつつ書《ふみ》讀む君の眉《まみ》を反芻《にれか》み

76 野には百合海には君の黄金《わうごん》の腕よ潮《うしほ》も燃え盡くべしや

77 君が血と吾が血を混ぜむ　海原もこの酒坏《さかづき》の中にあるべし

78 嘆きたまへ薄縹《うすはなだ》なる天《そら》の色の君の眸の色に似たるを

79 君に逢はむと走り來《き》到《た》れば薫りつつ胡桃《くるみ》花咲く月光の森

ゆりゆりと鞦韆《ふらここ》漕げるあが君に今し捧げむ神の白百合 80

み湯参らせう　笹の葉に散る玉に神をすずしめ曉《あかとき》は闇 81

研ぎ澄ます眞澄の鏡神神の身の毛よだたせ散る櫻花 82

出雲なる神は鰐口　灌《そそ》ぐ血に雪を染めつつ祈るともなほ 83

そのかみの父祖を食《は》みつつ血食《けつしょく》の祭は赫き月の夜《よ》に入り 84

胸郭の成形はせず　皎皎《けうけう》と今日の今宵の月は照れるかも 85

月蝕の磯にし燃ゆる一輪の海百合あらば人死ぬるとぞ 86

野に立つは煙か雲か　霙降る今朝はいづれの人の死ぬらむ 87

空氣は眠りの味鐵の味裏切をせしわれなるに今朝もまた晴　88

烈風の冬の朝《あした》の荒磯《ありそ》にもありありありと見ゆる言の葉　89

啼哭《ていこく》の海は一尋《ひとひろ》暗殺者《アササン》の掌《て》に狂ほしき蘗莢の夏　90

墓守の額《ひたひ》にも夏かしましく鳴く蟬の羽《は》の衣《ころも》だに汗　91

生ごみの饐ゆるをゆるす　夏の午後をななめによぎる革命家ゆゑ　92

野相撲の力士いつくし野良聲に呼ばはり組めばひかる汗かも　93

太麥《ふとむぎ》の穗の立つ宵に蒼き月の出づればひとり笑む夜學生　94

夜空には火の粉　いかなる罪科《とが》ゆゑの若き消防士の黑き眉《まみ》　95

塗香《づかう》する行者あまりに若き春のいづれ歸らむ曉《あかつき》は雪　96

滲み來る血潮の如しみづからを鞭《むちう》つ修道僧の曙　97

地下鐵の驛員笑まば天金の聖書は閉ぢよ皓き齒は良し　98

みづからは是れ誰《たれ》ならむ玲瓏の月下に閉づる七月の李賀　99

我が墓は大きなる樫綠なす風には薫る我が墓は良し　100

七竈　1972

101 神掛けて實も葉も赤き七竈《ナナカマド》心を見せむやまとことのは

102 蕗のたう今日萌え出でよ艶やかにかのまれびとのつよき土産に

103 花ざかりの畑《はた》にしあれば雲雀あがり水晶の降る喜びの降る

104 牡丹咲く不思議の肉は戰《をのの》きて男《を》の魂《たま》聳ゆ塔の如くに

105 麻の葉の淺き藍なる朝に日《け》に干せる襁褓《むつき》に春風ぞ吹く

106 花咲ける園の木陰の乙女に問ふ汝が戀ふる人目覺めをるやと

107 白百合の白きはだへに接吻《くちづけ》む死を齎すてふ黑き蛾のごと

108 あやかしのあやをあやなせ雨降《あめふらし》荒びの神も編め荒磯海《ありそうみ》を

109 出し入れに發條は軋みて羽隠蟲《はねかくし》跳ぬる兔と寝《ぬ》る花の午後

110 野のイバラ野末に咲けりいたましく今降り注ぐ洛北の春

111 虚空《こくう》より降るギヤマンの星無數心を刺して揚ひばり鳴く

112 宵待の花はし朧夜每夜每鐵路に沿ひて蚊食鳥《かくひどり》飛ぶ

113 湯殿より聞ゆる唄はなにとなく若さ滾《たぎ》りてあぶら蟬鳴く

なほ青き柿生《な》る家の少年の肉の萌《きざし》を採む午前五時　114

見渡せば穂もむらさきに装ひぬにほひを籠めよ時過ぐるまで　115

自轉車で來たる郵便配達の陽《ひ》に炒《い》られたる肉脹らみぬ　116

神輿揉む夏の祭の若者の艶《つや》めく肌に揉まれよや神　117

少年の衣服は波に攫われき磯にすなどる素裸《すはだか》の子の　118

門毎《かどごと》に托鉢を乞ふ坊主さへ笑ふ今宵は植物の宵　119

獨り寝《ぬ》る夜《よ》は蚊遣火の悔ゆられて獵男《さつを》なに言ふ言ふとしもなく　120

あけぼののあからむ東尾をひきて投げられし白球《たま》男《を》の子《こ》らの聲　121

122 ひらひらと舞ふ女學生制服《セーラー》の裾にし隠せ今摘みし桃

123 その昔太郎を産みしこの桃は太郎の臀か産毛きらめきて

124 舞ふ月の綠の影は昔から愛《めぐ》しうつくし物狂ほしくも

125 肉の夢ダヴィデの夢の兄分が捧ぐる鐵に差せよ月影

126 玉鴫《たましぎ》の打つつちの音《ね》は夜《よる》の田に月と呼び交ふ祭火《まつりび》は遠し

127 待ち侘ぶる余も知らぬ田の雁が音は月に舞ひ飛べ血にこそ染《そ》みて

128 尾花摺《ず》る月は孕みてひとりただ蹌踉《よろぼ》ふ影とあが君も見よ

129 満月にいざや捧げむ榲桲《マルメロ》をかをる梵天梵鐘も鳴る

快樂はここにありの實熟れ熟れて蟻群れてあり黄金《こがね》なす午後　130

もみぢ葉の染むる出湯に若者は腰をひたせりぼんならの午後　131

茅葺の屋根に登りて爪蓮華哀しき白きその花を摘め　132

淡淡《あはあは》と咲きて散りゆく山茶花にひとひ雨降りてゆく人もなし　133

凜凜《りんりん》とやつでに響く初雪の今宵いのちを思ひ初《そ》めにき　134

あらためて青きいのちを抱き締めむ今宵たちまち雪燃ゆるまで　135

杣山の洞《ほら》にし死にし雄《を》雉子《きぎし》の死出の衣のいつくしくこそ　136

大口《おおくち》の眞《ま》神《かみ》籠れる眞木森に眞木樵る人の息し眞白し　137

138 眞夜中を指して痩せ犬遠吠えぬ雪よ降り來てあの聲を消せ

139 芳《かうば》しき誰《た》が巴旦杏《アメンドウ》天稚《あめわか》の射て殺すてふ雉子《きぎし》な鳴きそ

140 わが愛の井を汲みつくせうたかたの醉《ゑひ》の繪合《ゑあはせ》雄雄しさの君

141 なしがたき憎さの君の濡髪を舐《ねぶ》らばいとし野のかをり立つ

142 密林《ジャングル》に雄哮び聞ゆターザンの熱き向股《むかもも》食《くら》へよ黒豹

143 勁悍の若人の血は流れ出でよ兄にてもある夫《つま》にてもある

144 警官は豚されど若き警官は猛き海豚《イルカ》かジャムプせよ死へ

145 汝《な》が腰に力を籠めて舞へよかし死こそ今年のほまれなるゆゑ

二の腕は熱くて若き回轉の鐵棒鐵の體軀《からだ》し愛《うるは》し 146

ヴィオロンもギターもなくば我が聲と笑みて歌へり遙けさの君 147

楯竝《たたな》めていつくしき子ら枡搔《ますかき》の斗《と》搔《かき》の棒の寄宿舎の夜《よる》 148

夕闇はサーカス小屋に染み亙り熱き吐息の遠くもあるかな 149

我が反古は燃えてぞ歌となりにける我《わ》こそまことの歌人《うたびと》ならずや 150

NOTES *1981*

この書物は性格の異なる複數の歌集によつて構成されてゐる。收錄した各短歌にはそれぞれに固有の番號を附した。このNOTESの進行表（第34頁）がフリオ・コルタサルの小説『石蹴り遊び』（*Rayuela*）の巻頭に置かれたTablero de direcciónを範としてゐることも附記しておくべきだらう。

＊

第一の歌集は「深井」と名付けられる。一九七六年當時《茱萸叢書》の一册として計畫されてゐたが出版されなかつた作品集のために書下ろされたもので、この書物刊行にいたるまで未發表であつた。

＊

第二の歌集は「櫻貝」と題される。一九七三年から一九七五年にかけていくつかの雜誌に分割掲載された。初出時の標題等を示せば左の如くである。後半の四誌は極少部數しか配布されなかつた。

神の白百合　「新潮」一九七三年十月號
至誠の海　「季刊俳句」第二號
櫻貝　「雁――映像＋定型詩」第六號
花橘　「UTA-VITRA」第一號
溢れ來る海　「浦路野」一九七四年度第四號
來ん世の鷹　「UTA-VITRA SATZ」第三號
Mon Tombeau　「浦路野」一九七五年度第一號
七月の李賀　「UTA-VITRA SATZ」第九號

＊

第三の歌集は「七竈」と呼ばれる。言はば作者の初學五〇首であり、大岡信、塚本邦雄、中井英夫の三氏による銓衡を經た《現代短歌大系新人賞》受賞作として、三一書房版『現代短歌大系』第11巻（一九七三年六月刊）において發表された。

＊

第四の歌集はかくされた歌集である。深い謎染に染分けられたそれは短歌番號101を起點とする左掲の進行表に従つて短歌を讀み進む時に見出される。

101 ↓ 42 ↓ 95 ↓ 6 ↓ 142 ↓ 38 ↓ 35 ↓ 25 ↓ 77 ↓ 143 ↓ 83 ↓ 84 ↓ 61 ↓ 97 ↓ 131 ↓ 40 ↓

68 ↓ 2 ↓ 104 ↓ 123 ↓ 122 ↓ 109 ↓ 69 ↓ 47 ↓ 86 ↓ 71 ↓ 51 ↓ 103 ↓ 11 ↓ 48 ↓ 12 ↓ 108 ↓

117 ↓ 102 ↓ 57 ↓ 116 ↓ 113 ↓ 130 ↓ 5 ↓ 13 ↓ 129 ↓ 128 ↓ 85 ↓ 21 ↓ 125 ↓ 66 ↓ 93 ↓ 107 ↓

67 ↓ 92 ↓ 139 ↓ 32 ↓ 15 ↓ 34 ↓ 7 ↓ 98 ↓ 137 ↓ 91 ↓ 55 ↓ 75 ↓ 18 ↓ 33 ↓ 44 ↓ 79 ↓

4 ↓ 124 ↓ 80 ↓ 141 ↓ 135 ↓ 140 ↓ 41 ↓ 114 ↓ 146 ↓ 144 ↓ 148 ↓ 94 ↓ 145 ↓ 46 ↓ 45 ↓ 138 ↓

58 ↓ 121 ↓ 81 ↓ 23 ↓ 29 ↓ 64 ↓ 8 ↓ 63 ↓ 65 ↓ 77 ↓ 1 ↓ 49 ↓ 115 ↓ 70 ↓ 3 ↓ 88 ↓

62 ↓ 90 ↓ 31 ↓ 50

＊

最後に讀者はこの書物を（本《現代短歌文庫》版では第9頁からこの頁までの一三葉を切り取つて）燃やしてしまはなければならない。燃えながらこの書物は第五の、最も赫かしい歌集として完結するのである。

七竈　Urtext

『七竈』（深夜叢書社、一九八二年）に収めた連作短歌「七竈」の、現代短歌大系新人賞を受賞した際の初出テクストを採録した。これを今「七竈 Urtext」と名付けておく。言わば著者の初学五〇首であり、三一書房版『現代短歌大系』第11巻『新人賞作品・夭折歌人集・現代新鋭集』（一九七三年）に収載／発表された。新人賞の選考委員は、この大系の責任編集者でもあった大岡信、塚本邦雄、中井英夫。新人賞の応募作総数は六三四篇であった。因みにこの大系の編集協力は齋藤愼爾、篠弘、正津勉、冨士田元彦、装訂は澁川育由。作品は一頁一二首組にレイアウトされている。また同書の巻頭を占める「新人賞作品」の部には、ゲスト執筆者による解説に代えて選考委員による「選考座談会」の記録が収められており、受賞作品「七竈」の他に、次席作品二篇、入選作品五篇、選外の参考作品九篇（抜粋）も併載されている。なお「七竈 Urtext」の今回のテクストには、視覚的観点から歴史的仮名遣の混乱を初出時のママとした箇所がある。また「七竈」創作四五周年を記念して詠まれた連作短歌「新・七竈」五〇首が、『あけぼの杉の竝木を過ぎて』（書肆山田、りぶるどるしおる87、二〇二〇年）に収められている。

七竈

神掛けて實も葉も赤き七竈《ナナカマド》心を見せむやまとことのは

★

菭のたう今日萌え出でよ艶やかにかのまれびとのつよき土産に

花ざかりの畑《はた》にしあれば雲雀あがり水晶の降る喜びの降る

牡丹咲く不思議の肉は戰《をのの》きて男《を》の魂《たま》聳ゆ塔の如くに

麻の葉の淺き藍なる朝に日《け》に干せる襁褓《むつき》に春風ぞ吹く

花咲ける園の木陰の乙女に問ふ汝が戀ふ人は目覺めをるやと

白百合の白きはだへに接吻《くちづけ》む死を齎すてふ黒き蛾のごと

あやかしのあやをあやなせ雨降《あめふらし》荒びの神も編め荒磯海《ありそうみ》を

出し入れに發條は軋みて羽隱蟲《はねかくし》跳ぬる兎と寢《ぬ》る花の午後

野のイバラ野末に咲けりいたましく今降り注ぐ洛北の春

虚空《こくう》より降るギヤマンの星無數心を刺して揚ひばり鳴く

★

宵待の花はし朧夜毎夜毎鐵路に沿ひて蚊食鳥《かくひどり》飛ぶ

湯殿より聞ゆる唄はなにとなく若さ滾《たぎ》りてあぶら蟬鳴く

なほ青き柿生《な》る家の少年の肉の萌《きざし》を揉む午前五時

見渡せば穂もむらさきに装ひぬにほひを籠めよ時過ぐるまで

自轉車で來たる郵便配達の陽《ひ》に炒《い》られたる肉脹らみぬ

神輿揉む夏の祭の若者の艷めく肌に揉まれよや神

少年の衣服は波に攫われき磯にすなどる素裸《すはだか》の子の

門毎に托鉢を乞ふ坊主さへ笑ふ今宵は植物の宵

獨り寢《ぬ》る夜は蚊遣火の悔ゆられて獵男《さつを》なに言ふ言ふとしもなく
あけぼののあからむ東尾をひきて投げられし白球《たま》男の子らの聲

★

茅葺の屋根に上りて爪蓮華哀しき白きその花を摘め
ひらひらと舞ふ女學生制服《セーラー》の裾にし隱せ今摘みし桃
その昔太郎を產みしこの桃は太郎の尻か產毛きらめきて
舞ふ月の綠の影は昔から愛《めぐ》しうつくし物狂ほしくも
肉の夢ダヴィデの夢の兄分が捧ぐる鐵に差せよ月影

玉鴫《たましぎ》の打つつちの音は夜の田に月と呼び交ふ祭火《まつりび》は遠し

待ち侘ぶる余も知らぬ田の雁が音は月に舞ひ飛べ血にこそ染《そ》みて

尾花摺《ず》る月は孕みてひとりただ蹌踉《よろぼ》ふ影とあが君も見よ

満月にいざや捧げむ榲桲《マルメロ》をかほる梵天梵鐘も鳴る

快樂はここにありの實熟れ熟れて蟻群れてあり黄金《こがね》なす午後

もみぢ葉の染むる出湯に若者は腰をひたせりぼんなうの午後

★

凛凛《りんりん》とやつでに響く初雪の今宵いのちを思ひ初《そ》めにき

あらためて靑きいのちを抱き締めむ今宵たちまち雪燃ゆるまで

淡淡《あはあは》と咲きて散りゆく山茶花にひとひ雨降りてゆく人もなし

杣山の洞《ほら》にし死にし雄《を》雉子《きぎし》の死出の衣のいつくしくこそ

大口《おおくち》の眞神《まかみ》籠れる眞木森に眞木樵る人の息し眞白し

眞夜中を指して痩せ犬遠吠えぬ雪よ降り來てあの聲を消せ

★

わが愛の井を汲みつくせうたかたの醉《ゑひ》の繪合《ゑあはせ》雄雄しさの君

なしがたき憎さの君の濡髮を舐《ねぶ》らばいとし野のかほり立つ

勁悍の若人の血は流れ出でよ兄にてもある夫《つま》にてもある

密林《ジャングル》に雄哮び聞ゆターザンの熱き向股《むかもも》食《くら》へよ黑豹

警官は豚されど若き警官は猛き海豚《イルカ》かジャムプせよ死へ

汝が腰に力を籠めて舞へよかし死こそ今年のほまれなるゆゑ

二の腕は熱くて若き回轉の鐵棒鐵の體軀《からだ》し愛《うるは》し

ヴィオロンもギターもなくば我が聲と笑みて歌へり遙けさの君

★

厠なる男の子ふたりは上下《うへした》にのけぞる入日影のまた影

楯《たた》竝《な》めていつくしき子ら枡搔《ますかき》の斗《と》搔《かき》の棒の寄宿舎の夜

夕闇はサーカス小屋に染み亙り熱き吐息の遠くもあるかな

★

我が反古は燃えてぞ歌となりにける我《わ》こそまことの歌人《うたびと》ならずや

墓

『墓』（造本＝著者、七月堂、一九八九年）の全篇を収録した。但し「註」についてては「解題」と「註」とに分かった上で、後者に大幅な刪削・点竄・塡足を行い、通し番号を附して本篇の後に纏めた。本篇についても僅かな訂正を施してある。五〇首×三章＝全一五〇首という構造からも判る通り、『墓』は『七竈』とは兄弟のような関係にある著作であり、原著のレイアウトも『七竈』同様一頁一首組である。

Ô récompense après une pensée
Qu'un long regard sur le calme des dieux!
—Paul Valéry, *Le Cimetière marin*[1]

弟の墓　I

靜けくも明けゆく海や鳩胸のおとうとを呑みその兄を呑み[2]

初物の西瓜《すいくわ》喰らはばたちまちに供物たるべきみづからぞかし

褐色《かつしよく》の背《そびら》は砂にまみれゐてなほ假借なき正午《まひる》のこころ

革命といふ言葉　わが魂は默《もだ》し眞晝の海は和《な》ぐとも

見るべきは至純の夢ぞ若者が裸でねむる廢船のかげ

出でたりな正しきことをのみ思ふむくいとしてのまひるまの月

名も知らぬ君かも熱き脈搏と汗とをともにしつつゐながら

海の孕めるもののざわめき深きより滿ち來る夜とともに滿ちよかし

永劫の無名をねむれ　ひとり身の水夫《すいふ》ねがへりをうつ熱帶夜

これもまた夢か　寝覺めて眺めやるかなた水平線のきらめき

睡蓮の莟のくらさ　見えわかぬ沈默《しじま》ほのかにかをる曉

海からの光はすでにあまねきになほもねむれる兄あせみづく

そのかみの水夫《かこ》らが寺は朽ちたりな今や亭亭たる古き松[3]

身に沁むる午《うま》の一點　氷水《こほりすい》の器《うつは》はいつもしろそこひなり

まなざしの涼しさ　兄がまひるまの靜寂《しじま》のなかにものを言ふとき

繰りかへす言葉はあはき瑠璃色の不實や兄が喰ふまくはうり

驕慢はわが病むところ囚はれの鳥がもの言ふゆふまぐれかな

このごろの兄貴の不在　一點の螢もひたぶるに追ひにけり

口笛は吹くなかれ花かげにひそむもののうろこの光る夜なり

まつたき肉體《にく》といふものありや己《おの》が身に觸れてねむれる兄　夢を見ず[4]

未來とははかなき言葉　學僧の不寢《ねず》の讀經の聲若くして

魂をして歌はせよ樹樹にまづきざす Messiaen 風《ふう》の曙[5]

喧噪は遠のきぬ　サーファーひとり殘りて待ちし波は寄するに

かかる日にこそひとは老ゆ唐黍《たうきび》の畠のうへにすみわたる空

野遊びに飽いてののちの横笛や敗荷《はいか》の池ははや雨の中

白墨の魔法陣　我が夕映に溶けゆく幼年期のうしろ影

水に棲むものらの懶惰　夕燒はたちまち褪せてひとすぢの月

一生を不犯のこころ鶸色の月にをとこは身をゆだねけり

寝静まる家並《やなみ》のうへに照る月の皓きこと病兒《びやうじ》の齒のごとし

月ばかり動きぬ　またも新しき墓を建つべき地は領ぜられ

兄の背にふるびし正義　明けやらぬ闇に紫金《しこん》の菊剪りにゆく

墨染の凪に踵《きびす》はかへさむか隈もなく野は晴れわたれども

隠亡《おんばう》の無口なること　今日もまた人焼く竈《かま》に火は満ちにけり

紫の殘んの菊を持ちて立つずぶぬれの少女《せうぢよ》に凝視《みつ》められ

弟を焼きながらなほ若くしてしづめえず　わが口腹の慾

亡き兄が好みし鰻　うらにはの生簀ほのかに光りてゐたり

鐵屑のにほふ工場《こうば》はそのままに暮れゆけばわが影ながきかな

暮れ殘る君が心のかたはらに立たばや亞細亞大陸の冷え

抜錨は月出でてのち餅肌の男ふたりのための夕暮

暗き眼はすなはちラガー胸もとの繃帯すこし汚れてゐたり

かりそめの若さなるべし朗らかに「月を視たよ[6]」と言ふ君の聲

その胸に耳をあつれば若者を満たして青き谺なりけり

月の夜は深《ふ》けやらずなほおとうとの腰に水着のあと白くして

ひきよする肉體《にく》の重さや廚には魚《さかな》しづかに溶けつつあらむ

地にかへすべきこの身かも半月《はんげつ》の海に沈むをややうらやみぬ

わが閉《とざ》す瞼の熱さ酔狂と嗤はれてなほ骨壺は志野

天に無數のはうき星　亡きひとびとを思へば涸るるのみどなりけり

少年は目覺むるきはの夢に顫《ふる》へ額《ひたひ》にはまたあたらしき疵《きず》

剃刀を研がむとすれど心まで水に視られてゐる朝まだき

弟の墓を守《も》るなる鈍色《にびいろ》の海にも雪は降りそめにけり

そのほかの墓

馬は巻髪　身はあらひがみ闇を撃つ波もなやみもうら若くして

海を統ぶるごとく詩人は立ちゐたり正午《まひる》はためく緋の旗[7]のもと

艫綱を解かむか淺き書の夢も醒めて大河の上のささめき[8]

夕映の時來《きた》るまじ墓表《ぼへう》には大學ヨット部部員と彫《ゑ》りぬ

水底《みなそこ》に何か潛めるかくまでも若き蓮《はちす》の散る夕まぐれ

敗荷《やれはす》の池に到るや少年が馬上《バシヤウ》齒だけで笑ふ夕暮 9

少年のこころはかげりやすくして一顆《いっくわ》の果實いとどしく酸し 10

つかのまの流離の貴種ぞ若者は日燒の皮膚をつと蛻《もぬ》きつつ 11

白檀と麝香かすかに薫らせてしかも狂へる君　王の裔《すゑ》 12

變節の徒と汝《な》を呼ばむ一年《ひととせ》を逢はざるうちに艶に肥えたり

背信の徒と呼ぶなかれ丘に佇《た》つ我がこころにも釘打ちてみよ 13

白日のまぶしき辻にひとたびも父殺さざる男やはある 14

漆喰の剝離の刹那畫家の眼に天は地獄の相《さう》帶びてゐむ 15

心當《ココロアタ》リは蛇ばかりなり夕暮に男としての物思《モノオモ》ヒせば

死に臨むことかさなりてやうやくに男とふ名を吾が得たるかな

我が骨《ほね》もかく皓からむ君が身を焼き終へてなほ暮れぬ夕暮

君還ることなきにしもあらじ海からの光まぶしき地に埋《うづ》めなば

青鈍《あをにび》ににほへる雲は散りもはてて海ゆ寄せ來る星月夜かな

とことはの夜にこそ入らめアルバムに君の寫眞を貼り終ふる時

眼ばかりがひかりてゐたり春の夜の雨の軒端に佇みし人

名は何と申す　綠の特大の月を背負へる隻眼の人[16]

跫音《あしおと》を聞く　しみじみと聴くときに滅びゆくものみなわが家族《うから》[17]
喧噪の遠さ　やがては死ぬる身を褪せゆく夜の闇に投げなむ[18]
さしまねく君が影のみ有明の谷中《ヤナカ》の月[19]は墨染の月
ものみなを萌《めぐ》ますと降る春の雨に濡れて青める汝《な》が墓なるかな
時雨《しぐれ》過ぐるまで接吻《くちづけ》をつづけゐむもとより君の名は知らねども
歯にあたる歯の冷たさや美しき星[20]に棲む身を哀しみにけり
好物は仔羊《ひつじ》の背肉人間に生《あ》れて汝《な》が持つ純銀《ぎんむく》の喉《ノド》[21]
澤蟹を噛み砕きけり知る人も知らざる人もなき夕まぐれ

墓石《はかいし》に倚りて立つ汝《な》が突然の雨の中なる絕對の肉體《にく》

半缺《はんかけ》の月は出でたりうたた寢の踏切番が夢に笑むとき

若者は野獸《けもの》のにほひ禁慾の背《そびら》は月の矢に射さしめよ[22]

亞砒酸も愛餐のうち美しき仲間に靑き合言葉あり[23]

絕間なくざわめくこころ古きこの街の兒《こ》が皆もつむかうきず[24]

辻辻にかすかに風のけはひしてテロリスト皆あまりに若し[25]

脣を嚙めば稻田をなびかせてたちまち秋の風立ち渡る[26]

風の盆[27]といふ祭あり情《なさけ》うすき男すべてが踊手となる

風を孕む柳のかげは目を伏せて走りて到る君が墓かも
若者の髪に砂嵐のにほひ顯《た》たむか天《そら》ははや暗くして 28
舵もはた錨も失せよ海原は濃色《こきいろ》の嵐を孕みたり 29
暗き眼のむしろ無頼と呼ばれむか飲む酒は沸く鋼鐵《はがね》の如し 30
純白の天幕《テント》も幻にあらずつまり男のこころの熱砂 31
熱き血といへどもわれら夕映に冷えゆく肩を組む男たち 32
夕暮に誰《たれ》をか戀ふるおとうとのまなざし淡きことことのほか
舟を漕ぐその手をとめよおとうとは夕映の中いかにも若し 33

花の散るころのこころや裏に住む少年年來心臓を病み

汝《な》が炙《あぶ》る二尾の干魚《ひうを》に三合の酒五月雨の河[34]も暮れたり

思想犯を弟はその兄に持ちすなはち船町《ふなまち》[35]とふ町に棲む

一盞《いっさん》の光こぼさむ夭折のさだめもうるはしき兄の背に[36]

春の日の雪崩るるところ長兄の墓とならべる末弟《ばってい》の墓

弟の墓　II

ここに至らばただ懶惰のみ新しき雪に足跡つけたるは誰《たれ》

今宵また汝《な》をうらぎりぬ　遠き世の大氣あをかりきといふ記憶

野うさぎの皮を剥ぐ　死者たちを隠す大地を雪は隠して久し

生は冥《くら》く死もまた冥《くら》し[37]雪の夜は君の不在にただ酔ひ癡れむ

家族全員が不在　今宵は銀の皿に耳のかたちの牡蠣一打《ダズン》

死者たちの聲のひびきの名殘より明け初めてはや霜　天に満つ

ひとり喰ふ蟹かも　肉に渇くわがこころ撃つがに吹雪くまひるま

つかのまの不動の正午《まひる》おとうとの目覺めざる鳩胸うづたかし

木菟《みみづく》の聲の遠さやひそやかにもののかたちの變はる夕暮

酢《す》海鼠《なまこ》を喰ひてそののち弟のごときをさなき男娼を買ふ

生き殘ることこそうらみ枯野よりもたらされたる雉子ひとつがひ

世の中のすべては既に視しことに[38]あらずや汝《なんぢ》　鷹匠の裔《すゑ》

冴えわたる魂ぞかし鳩を喰ひて嚙みあてし霰彈のひと顆《つぶ》

Oisein 詠《うた》へる[39]ごとくならむかおのが身をつらぬける剣《つるぎ》の冷たさは

少女《せうぢょ》らのちひさき叫びそして笑ひそして朧にかすむ月影

今宵よりを春とさだめむたはむれにいだくに君の乳房《ちぶさ》のまるさ

歯をあててみたし處女《をとめ》の瞼《まなぶた》にやはらかくきざしくる曙

花かげに墓はありけりかなへられざりける若き夢の數ほど

少年は驅け去り墓地は花ざかり　げにこの生は遊びに過ぎじ

すれちがふ男のにほひわれもまたM. de Charlus[40] の眼を持ちてゐむ

海にうやうやしき奸智ありすみれ色にけむりて若者をさしまねく

水死者の髪に深紅《しんく》の蟹がゐて春の海かぎりなく靜かなり

佛蘭西人の言葉では……[41]　水葬禮の死者ら孕まれゐる海の底[42]

天上に砂嵐ありおとうとの雙《さう》の乳首《ちくび》は誰《た》が嚙むべきか

落花狼藉の男かな　げにおとうとの不犯の脣は甘かりき

夢に散る櫻やひとりめざめてはみづからはみづから愛すべし[43]

戀人の名も知らざりきしかもなほ花は散りつくさむとして　雨

ほろびゆくものみな雨に打たれゐて天目《てんもく》の茶器ほのかに重し

禁斷の地に禁斷の雨降りてわれらソドムの子の美しさ

雨はやむことなかるべし鮫肌の處女《をとめ》が夢に觸るるおのが身

目眦《まなじり》に瑕痕《きずあと》深し　ずぶぬれの警官暴走族あがりなる[44]

若かりし君も髑髏も皓き齒を持ちてゐし理科室の靜かさ

戰《をのの》きをつたへつ君に喰はれゆく白きアスパラガスの茹《う》でたて

裏庭に誰《たれ》かたたずむけはひして嫂《あによめ》なほしの夜の蒸すこと[45]

昇り來る月に眞對《まむか》ふ革ジャンのライダー恐《こは》いものまだ知らず[46]

せせり喰ふ海膽《うに》の香《か》やげに今宵こそ月にこの身をまかせてもみむ

滅ぶべき都市　否　われらいだきあふ男同士の肩さきの月

O don fatale . . .[47]　裏聲で口遊《くちずさ》む詠唱《アリア》や君の褥《しとね》の熱さ

月までも呑みし海なり乗員の數いちじるく減りての歸帆[48]

一本《ひともと》の百合の高さや海からの風の中おとうとは生《うま》れき

海原を映して青き天《そら》をあふぐ然《さ》なりたくましき弟の首

天人に五衰[49]あり　海のみが知る無數のおとうとの無數の死

炎天の翼やひとり墓穴《はかあな》を掘る若者の背に光あり

みづからの尾を嚙む蛇やまひるまの電話しづかに鳴りゐてやまず

あとは沈默[50]　ひとり殘りて見惚くるＴＶの中の常夏の國

終《つひ》に子を生《な》さざるこころ夏の夜の火事たのしげに水に映れる

大氣にもいささかの毒おとうとは夢から永久《とは》に醒めまじく候《そろ》

今朝からのうちつづきての微かなる地震　眞夏の眞晝の靜寂《しじま》

靜けくも暮れゆく海や弟の墓にわがとこしなへの告別《わかれ》51

水脈《みを》ひとつ殘して暮れぬこのつぎは雙子の兄として生《うま》れたし52

解題

本書に收められてゐるのは一五〇首の短歌である。短歌といふフォームで書かれてゐる以上、一首一首は獨立した作品として讀まれなければならない。しかしながら作者はそれらの作品を、みつつにわかたれたふたつの連作からなるひとつの有機的複合體として制作し構成したのでもあつた。したがつて本書は、それ自體が一篇の詩として讀まれることをも欲してゐるのである。

弟の墓　I

タイトルのみならずそのプランの大きな部分まで、「弟の墓」は、ポール・ヴァレリーの詩「海邊の墓地」(Le Cimetière marin) にインスパイアされてゐる。「弟の墓」前半のこの五〇首は、一九八四年七月二日から八月十日にかけて制作され、同年十一月に發行された雜誌「GS / la gaya scienza / たのしい知識」第二號（特集 Polysexual = 複数の性）に、「弟の墓[I]」というタイトルで發表された。

そのほかの墓

ここに集められてゐるのは、一九八〇年、および一九八四年から一九八六年にかけて斷續的に制作された作品である。その一部は一九八四年四月發行の創刊號（＝七・八月號）以來數次にわたり、ファッション雜誌「X-MEN」に掲載された。本書ではそれらの作品が、「弟の墓」のⅠとⅡに插まれる一種の intermezzo あるいは間狂言として再構成されてゐる。實際これらの作品は、かういふかたちにまとめられるべき共通の性格、結局は「弟の墓」へと收斂するひとつの方向性をたしかに具へてゐたのである。

弟の墓　Ⅱ

本書のための書下ろしである「弟の墓」後半のこの五〇首は、前半完成からほぼまる二年を經た一九八六年八月六日から十月八日にかけて制作された。したがつて「弟の墓」は、一〇〇の作品からなるひとつの作品であると同時に、兄弟のやうなあひだがらのふたつの作品でもあると言ひ得るわけである。

註

1　詩集『魅惑』（*Charmes*）所収のヴァレリーの詩「海辺の墓地」（本書68頁の「解題」参照）第五～六行。この詩の翻訳（平井啓之訳）を含む新潮社版『世界詩人全集』第11巻『マラルメ／ヴァレリー詩集』は、第16巻『エリオット詩集』と共に著者が少年時代、格別に愛読した詩集である。どちらの詩集にも翻訳者として西脇順三郎が参加していたことは、特筆しておいてもよいはずだ。マラルメとヴァレリーの詩は、ヴィヨンやボードレールのそれと同様、鈴木信太郎訳（グラシン紙掛け時代の岩波文庫版）でも精読を重ねたことを附記しておく。

弟の墓　I

2　T・S・エリオットの連作長篇詩『四つの四重奏』（*Four Quartets*）の第三部「ザ・ドライ・サルヴェイジズ」（The Dry Salvages）第Ⅳ章第一一～一五行に拠る。高校時代、著者が生れて初めて購入した外国語の詩集は、フェイバー＆フェイバー社版ペイパーバックの *The Waste Land and Other Poems* と *Four Quartets* だった。

3　詩集『激しい季節』（*La estación violenta*）所収のオクタビオ・パスの詩「廃墟のなかの賛歌」（Himno entre ruinas）第三五～三七行参照。この詩の翻訳（桑名一博訳）を含む篠田一士編『現代詩集』（集英社版『世界の文学』第37巻）は、今日に至るまで著者の座右に置かれている類稀なアンソロジーである。

4　『ステファヌ・マラルメ詩集』（*Poésies de Stéphane Mallarmé*）所収の詩「海の微風」（Brise marine）参照。詩人と

メリー・ローランが仲好く並んだ写真に取材した著者の連作短歌「手紙、およびポケットについて」二〇首が『全人類が老いた夜』（書肆山田、りぶるどるしおる51、二〇〇四年）に収められている。併せて参照されたい。

5　オリヴィエ・メシアンの「鳥の歌」（les chants d'oiseaux）と呼ばれる特徴的な音楽語法を想起されたい。具体的な作品としては、独奏ピアノと大オーケストラのための『異国の鳥たち』（*Oiseaux exotiques*）、小オーケストラのための『鳥たちの目覚め』（*Réveil des oiseaux*）や独奏ピアノと小オーケストラのための『鳥たち』、全七巻一三曲から成るピアノ独奏曲集『鳥のカタログ』（*Catalogue d'oiseaux*）、第六景が「鳥たちへの説教」（Le Prêche aux oiseaux）と名付けられている作曲家唯一のオペラ『アッシジの聖フランチェスコ』（*Saint François d'Assise*）などを参照のこと。

6　マザー・グースなどに含まれる童謡「わたしが月を見ると」（I See the Moon）に拠った一首。「弟の墓　I」が詠まれた当時、著者はこの童謡の第一行をプリントしたOsamu Goodsの赤いハンカチーフ（原田治デザイン）を偏愛していたらしい。備忘のために附記すれば、巻頭にマザー・グース（安藤一郎・佐藤義美訳）の「石にとまった二わのとり」（There were two birds sat on a stone）を置き巻軸に阪田寛夫の「サッちゃん」を据えた講談社版『世界童話文学全集』第18巻『世界童謡集』こそは、八歳の著者が初めて手に入れた一冊の詩集だった。

そのほかの墓

7　『詩集一九一七―一九二〇』（*Poésies 1917–1920*）所収の、ジャン・コクトーの連作詩「郵便はがき」（Cartes postales）の内「朝のマルセイユ」（Marseille le matin）に寄せた一首。58頁3首目と同じく、エッセイ「美を築いた男たち①　J・C・の眼」（「X-MEN」創刊号＝一九八四年七・八月号）の挿入歌三首中の一首である。このファッション雑誌に掲載されながら『墓』に採られなかった短歌の多くは、『海の空虚』（不識書院、二〇〇一年）所収の特殊な構造の連作短歌「犬二匹ま juvenilia」に組み込まれた。因みに、著者が少年時代に愛読していた『コクトー詩集』は、グラシン紙掛けの造本が残っていた頃の、堀口大學訳の新潮文庫版である。

8　エジプトで取材と撮影を行ったファッション特集「埃及物語」(「X-MEN」一九八六年五・六月号)を飾った連作短歌一〇首中の一首。『墓』には七首が採録されている。

9　唐詩を自由に翻案・模倣したハンス・ベートゲ編訳の詩集『中国の笛』(*Die chinesische Flöte*)から採られたテクストを基にグスタフ・マーラーが作曲した、テノールとアルト(またはバリトン)と管弦楽のための交響曲『大地の歌』(*Das Lied von der Erde*)第四楽章「美について」(Von der Schönheit)参照。この作品は高校・大学時代の著者が、ウニヴェルザール社のフィルハルモニア版ポケット・スコアを片手に、レナード・バーンスタイン指揮ヴィーナー・フィルハルモニカー演奏のデッカのLP(テノール独唱はジェイムズ・キング、バリトン独唱はディートリヒ・フィッシャー=ディースカウ)で繰り返し聴いていた作品である。アルト(またはバリトン)が歌う第四楽章のテクストは李白の詩「採蓮曲」に基づいている。

10　「埃及物語」(註8参照)一〇首中の一首。

11　『幸福な王子とその他の物語』(*The Happy Prince and Other Tales*)所収のオスカー・ワイルド「幸福な王子」に寄せた一首。エッセイ「美を築いた男たち②　O・W・の血」(「X-MEN」一九八四年九・十月号)の挿入歌三首中の一首である。ワイルドのgross indecencyに因る破滅は王子の自己犠牲に由る昇天に似ていないだろうか。

12　インドのウダイプールで取材と撮影を行ったファッション特集「WHITE CITY」(「X-MEN」創刊号=一九八四年七・八月号)を飾った連作短歌六首中の一首。『墓』には二首のみ採録されている。

13　ピエル・パオロ・パゾリーニの映画『奇跡の丘』(*Il Vangelo secondo Matteo*)に寄せた一首。ここからの三首は、エッセイ「美を築いた男たち⑥　P・P・P・の地獄」(「X-MEN」一九八五年五・六月号)の挿入歌である。パゾリーニの映画に関して言えば、著者の鍾愛して已まない『テオレマ』(*Teorema*)や『ソドムの市』(*Salò o le 120 giornate di Sodoma*)についての歌が何故詠まれなかったか、今となっては謎である。これらの映画を短歌に詠むには連作という方法を採らなければならないと考えたためかも知れない。当時著者がパゾリーニやヴィスコンティに対する以上に心酔していたはずのフェデリコ・フェリーニがこの連載エッセイの対象作家に選ばれなかった理由は、容易に推量可能だろう。その代りと言うべきか、著者の大著『ローマで犬だった』（書肆山田、二〇一三年）の中の一章「（地下鐵）と（ローマ）」において後年、『フェリーニのローマ』（*Roma*）の監督F・F・はこの映画の通り女優アンナ・マニャーニに—Ciao! Buona notte! と呼び掛けられることになつた。註46参照。

14　著者が封切時に観た最初のパゾリーニ作品である『アポロンの地獄』（*Edipo re*）に寄せた一首。ソポクレースの『オイディプース王』（*Οἰδίπους Τύραννος*）そのものはこの映画に接するより前に、小山田宗典主演の舞台をＴＶ中継で観ていたし、人文書院版『ギリシア悲劇全集 II』に収録された高津春繁訳を読んでもいた。従ってこれらから受けた衝撃と感動が、この映画へと著者を導いたと考えるべきだろう。註45および本書所収の「バスハウスUrtext」註12参照。なおこの一首は、宸翰本『なそたて』およびその流布本である『後奈良院御撰何曾』にある名高い謎「はゝには二たびあひたれどもちゝには一どもあはず」をも踏まえている。父と知らずに父を殺し母と識らずに母と子を生したオイディプース（イタリア語ではエディポ）は、スピンクスの解けざる謎を解いた男でもあった。

15　パゾリーニの「生の三部作」（Trilogia della vita）の第一作である『デカメロン』（*Il Decameron*）に寄せた一首。この映画で演出家は、自ら画家ジョット・ディ・ボンドーネの弟子を演じている。

16　「隻眼の人」ではなく「隻眼の神」とすべきだったか。リヒャルト・ヴァーグナーの序夜と三日間の舞台祝祭劇『ニーベルングの指環』（*Der Ring des Nibelungen*）に登場する神々の長ヴォータンが意識されている。中学時代の著者が生れて初めて購入し愛聴したオペラ全曲盤は本作品の第三日『神々の黄昏』（*Götterdämmerung*）のＬＰセットで、ゲオルク・ショルティ指揮ヴィーナー・フィルハルモニカーによる歴史的なスタジオ録音（声楽陣はヴォルフガング・ヴィントガッセン、ディートリヒ・フィッシャー＝ディースカウ、ゴットロープ・フリック、グスタフ・ナイトリンガー、ビルギット・ニルソン、クレア・ワトソン、クリスタ・ルートヴィヒ他）だったが、これに続けてシリーズの完結篇としてリリースされた同作の第一日『ヴァルキューレ』（*Die Walküre*）の全曲盤（声楽陣はジエイムズ・キング、ゴットロープ・フリック、レジーヌ・クレスパン、ビルギット・ニルソン、クリスタ・ルートヴィヒ他で、ヴォータンはハンス・ホッター）もまた、著者の熱愛するところとなった。デッカのジョン・カルショウがプロデュースしたこの指環四部作は、同時代にEMIのジョージ・マーティンがパーロフォン・レーベルでプロデュースしたザ・ビートルズの *Sgt. Pepper's Lonely Hearts Club Bamd*（本書所収の「バスハウスUrtext」註11参照）と共に、録音史上のみならず音楽史上にも屹立する不朽の名盤である。著者は若年期、両者から特別大きな影響を受けた。なおこの一首は、萩原朔太郎の詩「蛙の死」（詩集『月に吠える』所収）をも意識している。隻眼の神＝さすらい人（Der Wanderer）ヴォータンは、第二日『ジークフリート』（*Siegfried*）においては、『ヴァルキューレ』でジークリンデが語った通り鍔広の帽子を目深に被って登場するのだ。「帽子の下に顔がある」のである。

17 ルキノ・ヴィスコンティの映画『家族の肖像』（*Conversation Piece a.k.a. Gruppo di famiglia in un interno*）に寄せた一首。次の一首と共にエッセイ「美を築いた男たち③ L・V・の鞄」（「X-MEN」一九八四年十一・十二月号）の挿入歌三首中の一首である。著者が学校をサボって初めてひとりで観に行った映画は、ヴィスコンティの『地獄に堕ちた勇者ども』（*The Damned a.k.a. La caduta degli dei*）だった。この映画の副題は、英語版でもイタリア語版でも、ヴァーグナーの舞台祝祭劇の第三日の標題に倣った *Götterdämmerung* である。註16および註40参照。

18 ヴィスコンティの映画『山猫』（*Il Gattopardo*）に寄せた一首。後年この映画の舞台でありロケ地でもあったシチリアを訪れた著者は、その折の印象を連作短歌「アフリカを望んで」五〇首に纏めることになった。この作品は『あけぼの杉の竝木を過ぎて』（書肆山田、りぶるどるしおる87、二〇二〇年）に収められている。

19 江戸の情緒を仄かに残す東京谷中を詠んだ一首。寺町谷中は墓の町であり、恐らくは密会の町でもあった。

20 『午後の曳航』などと共に少年時代の著者が偏愛した三島由紀夫の長篇小説、作家唯一のサイエンス・フィクションとも言われる『美しい星』を意識している。本書所収の「バスハウスUrtext」96頁8首目参照。

21 『創世記』第四章で弟アベルを殺したカインが赴くことになるエデンの東の地「ノド」と日本語の「喉」との関聯付けは、高橋睦郎の詩集『眠りと犯しと落下と』からの極めて強い影響だと言える。出版直後だった思潮社版『現代詩文庫』第19巻『高橋睦郎詩集』に収載されたこの詩集のテクストを、十代の著者は耽読したのだった。附言するなら、ヘブライ語の「ノド」は「さすらい」の意味を持ち、高橋睦郎には詩集『旧詩篇　さすらひといふ名の地にて』がある。本書所収の「バスハウス Urtext」註12、更には『七竈』巻頭の一首（11頁）を参照されたい。

22 『詩集 一九一七—一九二〇』所収のコクトーの詩「モンマルトルのお祭」（Fête de Montmartre）に寄せた一首。54頁2首目と同じく、エッセイ「美を築いた男たち①　J・C・の眼」の挿入歌三首中の一首である。

23 「埃及物語」（註8参照）一〇首中の一首。

24 Ditto.

25 Ditto.

26 アンドレイ・タルコフスキーの映画『鏡』（*Зеркало*）における草原を吹き渡る風の映像に感銘を受けて詠まれた一首。原著『墓』の註には、ヴァレリー「海辺の墓地」の最終連第一行の前半が引用されている。

27 哀切な「おわら節」を踊り明かすので名高い祭礼、越中八尾《やつお》の「風の盆」に取材している。

28 「埃及物語」（註8参照）一〇首中の一首。

29 アルチュール・ランボーの詩「酔いどれ船」（Le Bateau ivre）に寄せた一首。ここから始まる三首は、エッセイ「美を築いた男たち④　A・R・の軽蔑」（「X-MEN」一九八五年一・二月号）の挿入歌である。

30 詩集『地獄の季節』（*Une saison en enfer*）所収のランボーの詩「賤しい血」（Mauvais sang）に寄せた一首。

31 ランボーの詩「母音」（Voyelles）に寄せた一首。

32 トルーマン・カポーティの長篇小説『冷血』（*In Cold Blood*）に寄せた一首。エッセイ「美を築いた男たち⑤　T・C・の孤独」（「X-MEN」一九八五年三・四月号）の挿入歌三首中の一首である。

33 「WHITE CITY」（註12参照）六首中の一首。

34 原著『墓』の註は以下の通り。——芭蕉の最上川？　むしろ蕪村の大河！

35 『おくの細道』の掉尾でさすらいの詩人が「又ふねに乗りて」エクリチュールの彼方へと出で立ったのは、現在の大垣市船町からであった。ある青年と一夜を過ごすために、著者は一度だけ大垣を訪れたことがある。著者もまたさすらいの詩人だったのである。

36 「埃及物語」(註8参照) 一〇首中の一首。

弟の墓 II

37 マーラー『大地の歌』第一楽章「大地の哀愁に寄せる酒の歌」(Das Trinklied vom Jammer der Erde) 参照。テノールが歌うこの楽章のテクストは李白の詩「悲歌行」に基づいている。Dunkel ist das Leben, ist der Tod. というこのテクストのリフレインは、形を変えながら繰り返し著者の引用するところとなった。

38 『平家物語』巻第十一の中の「内侍所都入」(いわゆる『斷絶平家』では巻第十一の中の「早鞆」) における新中納言平知盛入水の件参照。とは言え『平家物語』を読む以前から、『義經千本櫻』二段目切の渡海屋銀平實ハ新中納言知盛に、著者は馴染んで来たのではあった。多くの名人・名優による多くの名舞台が、あれこれと思い出される。

39 岩波文庫版『オシァン (ケルト民族の古歌)』(中村徳三郎訳) 所収の「フィンガル 第一の歌」の、王女ムールンが勇士ドゥホマルを彼自身の剣で刺しつらぬく場面を参照されたい。オシァンの綴字は訳者が用いたという底本の書名 *Dàna Oisein mhic Fhinn, Air an cur amach airson maith coitcheannta muinntir na Gaeltached* に従った。ゲール語ではオシェンと発音するらしい。一般的にはOssianと綴ってオシァンと訓む。

40 マルセル・プルーストの連作長篇小説『失われた時を求めて』(*À la recherche du temps perdu*) の極めて重要な登場人物。Palamède de Guermantes, baron de Charlusを名告っているが、いくつもの大公位や爵位を併せ持った、ソドムの男たちの世界に君臨する傲岸不遜な大貴族である。結局制作されることはなかったのだが、ロナーテ・ボッツォーロ伯爵ルキノ・ヴィスコンティ・ディ・モドローネが演出する予定で、一九七一年には台本（監督と脚本家スーゾ・チェッキ・ダミーコとの共同執筆）の改訂版も脱稿し配役や撮影地までほぼ決定していたとされる映画では、シャルリュス氏にはマーロン・ブランドまたはブライトンのオリヴィエ男爵ローレンス・オリヴィエが配役されていたと言われる。因みに原著『墓』には、『失われた時を求めて』第五篇『囚われの女』（*La Prisonnière*）から、ヴェルデュラン夫人邸における夜会で窮地に陥ったシャルリュス男爵をナポリ王妃が救出する場面の最後の部分が、註として原語で引用されている。前述の幻のヴィスコンティ版映画では、颯爽たる印象が鮮やかなこの実在の女丈夫は、グレタ・ガルボがカムバックして演ずるという構想だったとか。ナポリ王妃は頼もしくもこう言い放つ。«Vous savez qu'autrefois à Gaète il déjà tenu en respect la canaille. Il saura vous servir de rempart.»

41　詩集『測量船』所収の三好達治の詩「郷愁」参照。

42　これら海底の死者の中には、ハーマン・メルヴィルの遺作となった中篇小説『ビリー・バッド、水兵』（*Billy Budd, Sailor*）の The Handsome Sailor ビリーも、T・S・エリオットの長篇詩『荒地』（*The Waste Land*）第Ⅳ章「水死」（Death by Water）のハンサムで背も高かったフェニキア人フレバス（Consider Phlebas, who was once handsome and tall as you.）も含まれている。この後も著者の作品にしばしば登場することになる、美貌の死者たちである。

43　『山家集』第一三九番「春風のはなをちらすと見るゆめはさめてもむねのさわくなりけり」に拠る。

44　モーターサイクル・クラブ《横浜ケンタウロス》の機関誌「*Paper Kéntauros*」第18号（一九八五年七月）の特集「バイクとマッポ　おまわりさんのことをもっとよく知ろう」に強い印象を受けての一首。65頁6首目はこの一首から派生した作品。《横浜ケンタウロス》を著者に紹介したのは中上健次である。

45　ウィリアム・シェイクスピアの悲劇『デンマークの王子ハムレットの悲劇』（*The Tragedie of Hamlet, Prince of Denmarke*）に拠る。この戯曲と著者との運命的と呼んでもよい関係については註50を参照されたい。因みに著者は、『ハムレット』における「嫂なほし」を『オイディプース王』における母子相姦の変奏だと考える説に与する。クローディアスはハムレットの分身に他ならず、ハムレットはオイディプースの後胤に他ならない。

46　註44を参照のこと。註13で触れた『フェリーニのローマ』の最終シークエンス、革ジャン姿が目立つ若いライダー集団が深夜のローマ市街を奔走した挙句に市外へと消えてゆく印象的な情景の残像も、この一首にはあるはずだ。影響という点では、トム・オヴ・フィンランドやロバート・メイプルソープからのそれも重視すべきだろう。恐いものをまだ知らないのは、ヴァーグナー『ジークフリート』（註16参照）の若き主人公でもある。余談ながら個人的にはこの一首からは、稀代の歌舞伎立女形・四世中村雀右衛門のことが思い出されてならない。彼が黒の革ジャン姿でオートバイを颯爽と走らせていた時代から、時々一緒に遊んでもらっていた仲だったからである。ジャックさんという愛称も懐かしい四世雀右衛門に関しては、『日本映画は生きている』第5巻『監督と俳優の美学』（岩波書店、二〇一〇年）所収の著者の論攷「二人の歌舞伎役者――彼等は映画でどう演じたか」、および『四世中村雀右衛門追悼集　花がたみ』（高橋睦郎編、中村雀右衛門後援会、二〇一四年）所収の著者の連作短歌「まことの花――四世中村雀右衛門丈を偲びて」一〇首（acrostic仕立て）を参照されたい。前者の論攷で考察されているもう一人の歌舞伎役者は、歌舞伎においても映画においても不世出の名優としての誉れが高い二世中村鴈治郎である。日本に取材したロラン・バルトの『表徴の帝国』（*L'empire des signes*）には、『一谷嫩軍記』三段目「熊谷陣屋」の熊谷妻相模に扮した彼の写真が大きく掲載されていて、印象深い。同一の俳優として対向ページに掲載されている写真の素面の歌舞伎役者が実は七世尾上梅幸であるということ、その息子二人として彼の写真の左右に配されているやはり素面の若い役者がこれまた実は六世中村歌右衛門の養子である四代目中村梅玉（*L'empire des signes* が世に出た一九七〇年当時は八代目中村福助）と二代目中村魁春（同じく五代目中村松江）の兄弟であるということも、バルトが殊更に錯綜を仕掛けたか否かという問題を含めて、興味が尽きないところではある。

47　フリードリヒ・シラーの劇詩『スペインの王子ドン・カルロス』（*Don Karlos, Infant von Spanien*）に基づくリブレットに作曲されたジュゼッペ・ヴェルディのグランド・オペラ『ドン・カルロ』（*Don Carlo* a.k.a. *Don Carlos*）の、イタリア語訳詞五幕版第四幕（四幕版では第三幕）第一場のエボリ公女のアリア参照。自らの美貌を「怒れる天から与えられた厭うべき運命の贈り物」と呪いながら（O don fatale, o don crudel, / Che in suo furor mi fece il cielo! /

Tu che ci fai sì vane, altere, / Ti maledico, o mia beltà.）唱われる。因みにこの作品は、著者が初めて実演を体験したオペラである。イタリア語訳詞四幕版によるこのオペラの本邦初演のステージ（ＮＨＫの第五次《イタリア歌劇団》公演四作品中の一本）がそれで、エボリ公女はビセルカ・ツヴェイチが歌っていた。因みにこのオペラで特別な関係を謳歌するふたりづれ＝ドン・カルロとロドリーゴは、『創世記』（*Liber Genesis / Γένεσις / בראשית*）第一九章の二個《ふたり》の天使、ピーター・ジャクソンの映画『ロード・オブ・ザ・リング』（*The Lord of the Rings*）三部作のフロドとサム、中唐の詩人・李賀とその従僕・巴童、ジェイムズ・メリルの連作長篇詩『サンドーヴァーの変化する光』（*The Changing Light at Sandover*）のＪＭとＤＪ、三島由紀夫の連作長篇小説『豊饒の海』の松枝清顕と本多繁邦、アン・リーの映画『ブロークバック・マウンテン』（*Brokeback Mountain*）のイニスとジャック、ホメーロスの叙事詩『イーリアス』（*Ἰλιάς*）のアキレウスとパトロクロス、ヴァーグナーの楽劇『トリスタンとイゾルデ』（*Tristan und Isolde*）のトリスタンとクルヴェナール、エウリーピデースの悲劇『オレステース』（*Ὀρέστης*）のオレステースとピュラデースなど幾組ものふたりづれと共に、後年著者の『ローマで犬だつた』の最終章「（さへも）と（せよ）」に登場することになる。本書所収の「バスハウスUrtext」註20参照。

48　メルヴィルの長篇小説『白鯨（モービィ・ディック、または、鯨）』（*Moby-Dick; or, The Whale*）第三五章「檣頭」（The Mast-Head）の最終パラグラフが、原著『墓』には註として原語で引用されている。

49　三島由紀夫の『豊饒の海』第四巻『天人五衰』を意識している。中上健次の短篇小説集『千年の愉楽』に収められた小説「天人五衰」をも意識していたはずだ。『豊饒の海』に関しては、著者の論攷「『鹿鳴館』――結末への里程標」（「國文學」一九八六年七月号＝特集・いま三島由紀夫を読む）を参照されたい。戯曲『鹿鳴館』を論じながら『豊饒の海』にも説き及んだ小論である。因みに著者の『海の空虚』は、その書名が『豊饒の海』という書名をインヴァートした印象のものであることからも判る通り、三島由紀夫へのオファリングとしての一書でもあった。

50　シェイクスピア『ハムレット』第五幕第二場の、主人公最後の言葉参照。著者が初めて映画館で観た封切上映の大人向けの映画は、グリゴーリイ・コージンツェフの監督・脚本、ボリス・パステルナークの修辞、インノケンティ・スモクトゥノフスキーの主演で、ドミートリイ・ショスタコーヴィチが音楽を担当したロシア語版の『ハムレット』(*Гамлет*) だった。初めて劇場で実演を鑑賞した大人向けの芝居（歌舞伎、宝塚歌劇、オペラを除く）も、浅利慶太演出、平幹二朗主演の『ハムレット』（同じ主演者によるこの作品の舞台では、蜷川幸雄が演出した雛壇の『ハムレット』を忘れるわけにはゆかないのだが）である。初めて買った大人向けの本（雑誌や画集、音楽関係の書籍を除く）も、『ハムレット』を含む福田恆存訳の悲劇七篇を収めた『新潮世界文学』第1巻『シェイクスピアI』だった。生きてゆく上で力となる楽しみのいくつかが、著者においては『ハムレット』で開始されたと言えるだろう。なお原著『墓』の註では、T・S・エリオット『荒地』第I章「死者の埋葬」(The Burial of the Dead) の、ヴァーグナー『トリスタンとイゾルデ』第三幕からの引用で終る第三七〜四二行が原語で引かれている。

51 マーラー『大地の歌』第六楽章「告別」(Der Abschied) 参照。アルト（またはバリトン）が歌うこの最終楽章のテクストは、孟浩然の詩「宿業師山房期丁大不至」と王維の詩「送別」に基づいている。

52 原著『墓』には、T・S・エリオット『四つの四重奏』第二部「イースト・コウカー」(East Coker) の最後の二行が註として原語で引用されている。In my end is my beginning. という最終行の後半は、In my beginning is my end. というこの詩の第一行前半に対応しているわけだが、メアリー・ステュアートの名高いモットー En ma fin est mon commencement. を英語に訳したものである。『四つの四重奏』に初めて接した時（註1および註2参照）から著者にとってもこの言葉が座右の銘になったのだと言ったら、嗤われるのが落ちだろうか。因みに、歌人としての著者のもうひとつの座右の銘は、テオドール・W・アドルノの次に挙げる言葉である。Tradition ist gegenwärtig in den als experimentell gescholtenen Werken und nicht in den der eigenen Absicht nach traditionalistischen. この言葉とその出典については、評論集『現代詩としての短歌』（書肆山田、りぶるどるしおる31、一九九九年）の中心論文である著者のシステマティックな歌論「現代詩としての短歌」の「X 歌人である、ということ」、および本書所収の論攷「定型という城壁——その破壊と再生」とその註11を参照されたい。

バスハウス

Urtext

『バスハウス』（装訂＝加藤光太郎、書肆山田、一九九四年）に収めた連作短歌「バスハウス（上・下）」の、同人誌「三蔵」第二号（一九九二年六月）・第三号（一九九二年十二月）に掲載された初出テクストを採録した。『バスハウス』収載のものとはかなり大きな逕庭があるこのテクストを、取り敢えず「バスハウス Urtext」と名付けておく。今回僅かな点竄を行い、主として引用に関する若干とは言えない量の註を新たに附したが、全ての引用に言及し得たか否かはいささか心許無い。この註は、本書にも収載した佐藤紘彰編訳 Tanka from *Bathhouse* の「NOTES」を基に、これを大幅に塡足したものである。通し番号を附し、本篇の後に纏めた。「バスハウス」は「三蔵」では一頁五首組に、『バスハウス』では一頁三首組にレイアウトされている。

バスハウス[1] 上

Abraham autem consurgens mane ubi steterat prius cum Domino
intuitus est Sodomam et Gomorram
et universam terram regionis illius
viditque ascendentem favillam de terra quasi fornacis fumum[2]

Poi si rivolse e parve di coloro
　che corrono a Verona il drappo verde
　　per la campagna; e parve di costoro
quelli che vince, non colui che perde.[3]

黄昏《たそがれ》の都市《まち》にさまよひ出でしよりわが身　睡眠《ねむり》に盈《み》ちてかぐろし
すでにして肉慾に疲れし肉體《からだ》　おそらくはわが魂もまた
いつはりの光まぶしき街に出でて知りぬ　大氣はあまりに重し
酒坏《さかづき》に沈みし夢やこの身にも無垢の人間《ひと》の子なりし日はあり
満ちてなほ餓ゑ、餓ゑてなほ……　今宵わがいかなる快樂《くわいらく》を購《あがな》はむ
恐らくは狂氣　否　わが冴え冴えと透き徹りゆく今宵の正氣
力なく笑ふことにも倦み果てて今宵またわが訪《と》ふべき惡所

（星を眼に瞽ふる慣習《ならひ》）快樂《くわいらく》の巷《ちまた》に星空を想像し
わが迷妄《まよひ》深くして……　行く辻辻はものにほひにいよいよ冥し
「人間《ニンゲン》を賣る店ばかりにぎはへる（街」を炎がつつむ日を待ち）
路傍《みちばた》にうづくまりらりれる子らよ！　人間《ひと》は死に攻めらるる生物《もの》にて
わが心いたく痛みぬ滅びゆく種《シュ》としての人類を想へば
つどひきてしかも默《もだ》しぬ美しき惡魔・卑しき天使のたぐひ
死の街に出で逢ふわれらそれぞれがそれぞれの孤獨に導かれ
青銅の自動ドア　どの魂も默《もだ》してくぐる（死を望むがに）

われらみな悲嘆《なげき》の家族《うから》すれちがふ者に火薬の殘香《にほひ》かそけし[4]

そこばくの銀《かね》[5]と鍵《かぎ》とをひきかへぬ（この鍵《かぎ》や掌《て》に氷のごとし）

髯面《ひげづら》の男と男　そのあしたペテロは甚《いた》く泣けり[6]と言へり

甘く酸き男の汗の香《か》は滿ちて更衣室　耿耿《かうかう》と明るし

「鎖《とざ》されし闇に過去あり」　ロッカーの扉《と》はあをざめてきしみてひらく

幻の空ゆく雁《かり》やためいきをつくがに服はみな脱ぎ棄てき

素裸《すはだか》となりてこそ知れ實存としての男の生命《いのち》の陰翳《かげり》

地中海的裸體！　うぬぼるるにはあらねどうるはしきこの一族《うから》

やや寄せてしかるのち上ぐ　若者の眉《まみ》とは（海よ！）美しきもの
默《もだ》すより兆せる déjà vu　綠濃き影は男のまぶたをよぎり
それぞれの男のうちに肉慾は靜かに滾る（海のごとくに）
囚はれてゐるなり　われら慾望の獄舍《ひとや》に、ひとりづつ、永遠に……
（立ち騷ぐ海の奧處《おくか》に光あるごとし）火照《ほて》れるわれらが肉よ
戀ゆゑに死なば死ぬべしゆきずりのひと夜かぎりの戀ならばなほ
かへりみつ、また、かへりみつ、廻廊を、ゆきかふ、魂、の、孤獨さよ！
生は呵責に滿つるならずやうなだれてものを思ふひと椅子に睡るひと

We are the hollow men . . .[7]　接吻《くちづけ》を交す男も甚《いた》く心に泣かむ

犬のごとき眼もてむかへば浴ぶるよりシャワーは犬のごとく叫びぬ

雨に打たるる犬また犬や人間《ひと》にして犬にも劣るもの美《いつく》しき

（漆黒の）ゴムの合羽《カッパ》で（濡れながら）冷たき雨に唄ひし者よ[8]

古タイヤゆゑなく重し（若者の頰笑む頰は油に汚《よご》れ）[9]

若者の汗も汚《けが》れも押し流すべく雨よ降れ　鹹《しほから》き雨！

石鹸を拾はむとわがかがむとき――　シャワーは肌を刺すがに痛し

O hole in the wall here![10]　覗《のぞ》き視る心も孔《あな》に過ぎざるこころ

（愛は格闘技にさも似たり）愛し合ふ姿氣高き男たちかも

「無心」とはいかなるこころ戯《たはむ》るる子らはすなはち神の子らなり

は像映のましかさ　しふやあてゐがら子ふ合み組に天子天告《リバヒ》に地

視る者のこころ底なき坑《あな》ならむ（ランカシャーには四〇〇〇の穴《あな》[11]）

（喉《ノド》[12]もまたひとつの性器）幽《かす》かなる嗽《うがひ》の音に耳を澄ましぬ

大理石《なめいし》の湯槽《ゆぶね》に黒き波は立ちぬ「昔、ローマに血の風呂ありき

「警官も兵士も花火職人も沈めて深き湯槽《ゆぶね》なりけり

「たくましき奴隷ふたりを羹《あつもの》に煮て……」——腥《なまぐさ》き孔雀の扇

赤熱《せきねつ》の鐵かと視れば湯の中に男　背筋《せすぢ》を立てて鎭まる
王國は湯氣の中　今、湯からあがる男を遍歷の騎士として
肉慾を反芻《にれか》みつ、濃き霧の中へ消えゆく巡禮　の、あとを追ふ
祕められし熱砂の邑《まち》や隊商が連れ來到《きた》るてふ美貌の奴隷
日蝕の日に生《あ》れしより黑人の黑き膚《はだへ》は火のごと熱し
むらさきに流るる髮の子の髮を酷《むご》くも熱き風が吹くかも
肉慾はいよいよ重し吐く息も凝《こご》りて熱き石となるらむ
熱風の暗き響きやうつむきて默《もだ》せる男たち　誰《たれ》を待つ

nigra sum sed formosa . . .[13]　と歌ひつつわれら卑しき者　汗まみれ
白樺の枝もがも　わが肉慾に灼かるる肌を鞭《むちう》たむため
世に満てる幸《さち》なき友よむかし野に　I ha' seen him eat o' the honey-comb
Sin' they nailed him to the tree.[14]　友といふ友を心のままに戀ふかも
裁かるるこころ　男の廣き背は泣くがごとくに汗すと見えき
火の都《みやこ》には火の怒り　火の雨の降る日ひそかに待ちわぶるかも
まはしのむ贋の煙草や時として人間《ひと》は死を冀《こひねが》ふものなり
知力體力ともにいささか痲痺せるか（明らかにわが未來はおぼろ）

（光あらしめよ　とは心には叫べども）瞳孔に散大は兆せり
凶事《まがこと》のごとくにほへりくらがりになかば睡れる男の肉體《からだ》
詛はれし睡眠《ねむり》　男がその肩に載するは未知の男の〈頭部《あたま》〉
地下鐵に乘りゐて耳に言葉ありき「汝《なんぢ》、爾《なんぢ》の隣人を戀へ」
滿員の車中ひそかに繫がるる者ら　目と目で、手と男根で
何を視るこころぞ　狹き映畫館はうしろの方の席ばかり混み
慾望は嵩み亂れてその傳承《つたへ》（園《その》の東の）ノドまで達す
果てもなき神の怒りや創世記より默示錄まで神　怒る

その怒り聴《ゆ》りしは夢か　指を嚙むごとく男をそと嚙みにけり
そのかみの雨[15]やみてより生き物のこころ孤獨にそれぞれ染《そ》みぬ
その熱きからだに觸れて哀しみぬ（騂馬とは實《げ》に氣高き獸《けもの》）
裸馬《はだかむま》を馭して花咲く初夏《はつなつ》の森を駛《は》せゆく裸武者《はだかむしや》は誰《たれ》？
交はればすなはち獸《けもの》（黃金《わうごん》の髮の男も黑き男も）
男にも乳首《ちくび》あるこそ哀しけれ嚙めばほのかに血もにじむなり
夭死者の絶えぬ家系や深爪のくすり指にはかに痛むかも
人間《ひと》としてわれらいかなる死を死なむ「靑き蛇にはみどりの生命《いのち》」

Gloria Patri, et Filio, . . . [16]　精液と血とにより傳はる、生も死も！

意味もなく痩せしこの身やこのところ死者に殖えゆく友だちの數

肉の慾ゆゑに病むとも　現身《うつしみ》はただ快樂《くわいらく》の器《うつは》に過ぎず

病む友は「疾く、死よ、來よ……」とつぶやきぬ（And I Don't Say . . .）病む友は！[17]

肉を裂きこころを刻む術《すべ》もがな——　生はおそらく死よりも冥し[18]

正義とふ言葉は苦《にが》し死にゆくに人間《ひと》は獸《けもの》のごとく息衝《いきづ》く

火の喉《ノド》にせめては幻の雪を降らしめよ　ああ！　生者も渇く

「わが、灰は、海に、撒け」とて死にし友を、燒きぬ　花咲き滿てる岬に

涙よりなほ酸き汗を流しゐるわれらが罪は熟れつつあるか

満開の櫻の山をまぼろしに視しより神は、侮りにけり

荒れ果てし心かな　わがなつかしむ海は貝紫《かひむらさき》に和《な》げども

涙することいくそたび・繰りかへす言葉　ego sum Α et ω[19]

鹿革の手ざはりに似て……　新しき死と新しき生との境界《さかひ》

手套《てぶくろ》の指もて觸れぬ。罪の如く熱き男の肉體《からだ》に／ゴムの

人間《ニンゲン》は一本の管《くだ》（火と燃ゆる天使の腕により塞《ふた》がるる）

音たててむさぼり食ふに無花果は甘し　男の舌、もつと、甘し

ふたりづれの天使[20]は邑《まち》の男たちに（實は！）輪姦《まは》されき。といふ傳承《つたへ》

邑《まち》に騰《た》つ烟燄《けむり》[21]　わが惡癖に泥《なづ》む身のなどてとく鹽とならざる

火の雨に打たれて走る男[22]（ああ）心は彼にもつとも似たり

絡み合ふ三人《みたり》の男……　Or aspetta![23]　汗にまみれし魂も三個《みつ》

罪ゆゑに艷《つや》めける數多《あまた》の裸體　そを人間《ニンゲン》の繩に綯ふもの

若者の無垢の裸體は抱《いだ》き締めよ……　または繩もて縛り上ぐべし

文に武に秀でてしかも無頼なる男こそまことの男なれ

目かくしをされて男はつぶやきぬ「いつの日、美《いつく》しき、星[24]を、見む……」

睡りゆく世界の底ゆ男たちは　Bald, oder nie![25]　と應へぬ
暗く濃き空氣の底によこたはり眠れる男たち　その寝息！
海底《うなぞこ》に憂愁《うれへ》の生命《いのち》あまたつどひ歌ふと言へり　Lacrimosa . . .[26]　と
縺れ合ひ夢見る男たちやよし（腋下《えきか》に甘き汗を蓄《たくは》ふ）
幻視者は《蠍》と呼ばむ　眠るひとを眠れるままに犯す男を
蜀魂《ホトトギス》とはどんな鳥？　沈黙のＴＶに人間《ひと》を解剖《ふわけ》のＶＩＤＥＯ
睡眠《ねむり》へと墜ちゆく　ブリューゲルに據れば　when Icarus fell / it was spring[27]
vae unum abiit[28]　されどわが昏《くら》き睡眠《ねむり》の底をよぎる影あり

バスハウス　下

et abiit primus et effudit fialam suam in terram
et factum est vulnus saevum ac pessimum in homines qui habent caracterem bestiae
et eos qui adoraverunt imaginem eius[29]

I shall be too late![30]　わが魂の正中《ただなか》を驅けゆく影を追ふ

新しき憂愁《うれへ》！　もとよりわが額《ぬか》に有るは獸《けもの》の徽章《しるし》[31]なれども

われら幸《さち》なく世に出でし者（指先ににほふはいつも風信子《ヒヤシンス》にて）
A beast is slain, a beast thrives.[32]　獣《けもの》、涙を流すことなし
滾り落つる血は砂に鳴り……[33]　贄《にへ》となるべきは（罪ある）われらならずや
（薔薇色の）犬の屍骸は（雨に濡れて）光りぬ。神と犬との相似
そのかみの傳承《つたへ》「〈種《シュ》〉の滅ぶるごとに）神は七《ななつ》の眼《まなこ》にて[34]泣く」
人間《ひと》は持つ（救はるる手がかりとして?）露けく罪深き魂を
（人間《ニンゲン》の飽くなき阿諛や）盲目の神はその盲目を信ぜず
嚴肅《おごそか》に（かつ、煌《きら》めきつ）沈みゆく！　瀧が、伽藍が、大地までもが……

墓穴《はかあな》をとめどなく墜ちゆく夢を見き　わがどろだらけの頭蓋《とうがい》

夢は似る・拷問に・わが蹠《あなうら》を炎の舌に舐《ねぶ》る者あり

喘ぎつつ・はた泣きつ・わが・見る・夢は　……亡きひとびとの見し夢に満ち

處世若大夢《ヨニヲルハダイムノゴトシ》[35]！　されどこの夢やいかなる他者《ひと》の夢なる

魂は（無垢なのも罪深きものも）つひにいづれは　―bang![36]　――消え去るか？

"Ditto," said Tweedle . . . / "Ditto, ditto!"[37]　と、と、ひとり深更《よふけ》に光る複寫機

晴れやかに七度《ななたび》笑へ　おとうとは兄の單なるコピーにあらじ

愚者のみが知るとふ未來　百年の愉樂から千年の孤獨へ[38]

夏に病む人間《ひと》の吐息も・夢も・熟れて……　（今宵また一王朝滅ぶ）
「すべて世の交際《まじらひ》を避け……」[39]　——されどそを希《ねが》ふさへさびしき心にて
夏の夜《よ》の森に似て妖しく暗き心（心に棲む獣《けもの》の名）
"I'm a Fawn!" it cried out . . .[40]　名前とは約束（それも、人間《ニンゲン》だけの！）
大鍋に兎は煮られ、ぐつぐつと煮られ……　et fuge in Aegyptum[41]
（嬰児《みどりご》のなれのはてなる人間《ひと》にして）銀のフォークに刺す鳩の肉
耳はそれ深海の牡蠣。皓き歯と眞紅の舌ともて挵《せせ》らるる
海底《うなぞこ》に積る！　罪なき水夫《かこ》たちの夢も・砕けて・船もろともに

俯《うつむ》ける男（その背にいつはりの花を散らせて）やがて溶けゆく

吹き荒るる磁氣嵐　If you see K. / Tell him . . .[42]　「汝《なんぢ》、獸《けもの》の裔《すゑ》」と

肛門に〈牙〉持つ一族《うから》、腥《なまぐさ》き雨の衢《ちまた》に、涌きぬ。と、言へり……

降りやまぬ雨や一夜《いちや》の伴侶《みちづれ》に擇《えら》みし少年に犬歯鋭《と》し

人間《ひと》はみな自然に背く。血に背き、父にも（つひに）背くごとくに

Gloria Patri, et Filio, . . .　精液と血とにより傳はる、生も死も！[43]

瀝《したた》りて血は石と化し／電光《いなづま》は變じて碧《あを》き蜥蜴となりぬ

Still! Bub! Die Augen zu![44]　ほら、壁に踊る光。光は罪の子の敵

空しく・も・空しき・搖籃《ゆりかご》・は・搖れ・て……　われら子を生《な》すことを願はず
子と生《あ》れぬ人間《ひと》なき道理　鳳梨《アナナス》の罐はさかさにしてから開けよ
肉體は鉛の衣《ころも》！　これなくば、心は、水晶天、に、遊ばむ
重力といふ杭、人間《ひと》を地に繋ぐ。汚穢《けがれ》に満てる〈約束の地〉に
流刑地に雪は降り積み・ひとびとを（化石せる龍たちを）鎖《とざ》しぬ
et profugus in terra . . .　永遠《とは》にこの星に人間《ひと》は流刑《なが》されゐるにあらずや
瑠璃色の蛇、空《くう》を切る、火を吐きつ……。蛇は持つ、不可視の死の翼
この星に森は燃ゆ。飛ぶ鳥たちの軌跡にがんじがらめの森は

綠柱玉色《エメラルド》の怒りの天使（ああ）その視線《まなざし》に射貫かるる身ぞ！

詛はれし星はまた祝福されし星にして、夜空に虹は立つ

縺れあふ二匹の翡翠《みどり》色の蛇を、解く。實《げ》に、謎に滿ちし宇宙や

「宇宙とはつまり無數の視線《まなざし》（か？）」となむ。見よ！ 水底《みなそこ》の星影

黄昏《たそが》るる水惑星や熾天使に〈鋭《するど》き爪〉と〈火の翼〉あり

vox sanguinis fratris . . . [46] わが蹠《あなうら》に・踏むに・濕りて・冷たき・地球

「足下《あしもと》に坎《あな》はあり」涼しき聲に歌ふ少女〈も〉墜ちゆく坎《あな》は

「その口《くち》は深《ふか》き坑《あな》なり」[47] 血まみれの翼の天使、これに陥《おちい》る

大いなる穴、天《そら》に開《あ》く。その穴ゆ注がるる宇宙の眞の闇

「月ははや波に接吻《くちづけ》せむとす」と言ふに幸《さち》なき者みな眠る

Schorach ani wenowach, . . .[48]　（ああ！）魂の器《うつは》は美しくして脆し

ひとたびは・火と燃え・灰となるべき身ならむ（涙の河のほとりに）

月影は幽《かす》か……。無性《ムシヤウ》に食したき（壜詰の）蝸牛《かたつむり》の卵《たまご》

純白の敷布と卓布　この喉《ノド》を墜ちゆきし無數の生と死と

人間《ひと》もまた獸《けもの》。獸《けもの》は嚙みあひて……　*Qui vous a mis dans cette fichue position?*[49]

C'était le sacré pigeon, Philippe.[50]　兄弟《はらから》は血に繋がれて（しかも）血に病む

兄よ！　師よ！　「人類史上最悪の災厄到る」とはほんたうか？
non hunc sed Barabban[51]　と叫ぶ聲すなり。默《もだ》せる者の頭上に
わが筆は亂れ、心はさらに亂れ……　實《げ》にこそ！　今宵、血は濁りゆく

ὣς δὲ καὶ ὀστέα νῶιν ὁμὴ σορὸς ἀμφικαλύπτοι
χρύσεος ἀμφιφορεύς, τόν τοι πόρε πότνια μήτηρ.[52]

Не рыдай Мене, Мати,　子たる者として免《まぬか》れがたき罪《子たること》
во гробе зрящи.[53]　冥き地の底にひとり眠るにこの骨、凍《こほ》る

弟の骨、兄の骨。どの骨もそのもと〈母の骨色《ほねいろ》の乳〉[54]

美しき幼時《えうじ》の記憶。――齒もて咬む母の乳《ち》首《くび》に血はにじみけり

この肉は母の肉、この魂は……　魂は（ああ）硫黄のにほひ

喉《ノド》に絡む息は獸《けもの》の息にして、われは死にゆく（それとも目覺む？）

曉の闇に立つ風「命終《みやうじゆう》の卓には無花果《いちじゆく》がふさはしく……」

母に打たれしことかつてなし。さるを今「目覺めよ！」とわが頰を打つ母

ecce mater tua[55]　ああ！　われら哀しみの世にいまだなほ〈死なれぬ〉子らよ

迦陵頻伽《カラヴィンカ》[56]とはどんな鳥？「亡き母に懐《だ》かれて死ぬる日」を冀《こひねが》ふ

曉の夢は正夢！　母もまた曉の濃き闇に失せにき

人間《ひと》はなぜ涙する、夢から醒めて……　醒めて聞く「胡桃の割るる音」

往ける者はうるは……／彼岸に往ける者[57]はうるはし。うるはしくして強し

なにものの力に明くる夜《よる》ならむ？　遙か、無數の遠吠《とほぼえ》の犬

惡夢から醒めて（地球は今朝もまだ無事か？）惡夢の都市《まち》へと還る

悔恨の霧、霽れやらず……　日曜の午前十時に《愛》を葬り[58]

死者は生者／生者は死者の如くにて……　掲帝《ギャテイ》[59]！　曉天《ゲウテン》には鳥の聲

「路遠《みちとほ》く道程艱《みちすぢかた》し」[60]　生といふ獄舎《ひとや》を出でて無に歸するまで

朝焼《あさやけ》の都市《まち》は滅亡《ほろび》の邑《まち》に似て音も無く燃ゆ……　燃えよこの星！

☆

天上《テンジャウ》ゆ幽《かす》かに聞ゆ。見え分かぬ星、星を呼ぶ聲　. . . svāhā![61]

天上《テンジャウ》ゆ確かに聞ゆ　. . . svāhā!　星、人間《ひと》を、呼ぶ、聲　. . . svāhā![62]

. . . svāhā!

. . . svāhā!

. . . svāhā!

註

バスハウス　上

1　原著『バスハウス』の「跋（一九九三年十月十日）」と題された三段組の跋の二段目に、出版当時のバスハウスなるものについての辞典項目風の語註がある。引用しておきたい。《**バスハウス**【bathhouse】①風呂屋、浴場。②（海水浴場などの）更衣所、脱衣所。③表向きは公衆浴場やヘルスクラブだが、実は同性愛者が集まって、セックスの相手を見つけたりさまざまな性行為を行ったりする場所。ホモサウナ、クラブバス。【用例】「かつて美しく逞しい男たちは、――で強烈な快楽に溺れ、つかのまの愛を育みさえしたものだ」▽AIDSの蔓延により、メッカと言われたニューヨークやサンフランシスコからはほぼ姿を消したとされるが、カナダやメキシコでは健在で、アメリカなど外国からの客で賑わっていると言われる。東京、横浜など日本の大都市でも複数のバスハウスが繁盛し続けており、特に大阪のそれは、集まる男性の質の高さと行動の大胆さとで名高い。》／因みに「バスハウス」（Bathhouse）という標題は、ヴァルター・グロピウスが創設したバウハウス（Bauhaus）を音声的に意識したものでもある。

2　ウルガタ訳聖書（*Biblia Sacra Vulgatae Editionis*）『創世記』（*Liber Genesis*）第一九章第二七～二八節。アブラハムがソドムとゴモラの滅亡を遠望する場面である。ウルガタ訳聖書の引用にはドイツ聖書協会版の *Biblia Sacra iuxta Vulgatam versionem* 改訂第三版（一九八三年）を用いた。なお、テクスト中のエピグラフ類の出典表示は、初出から一貫して省略されている。視覚的な効果を考えてのことだったはずだが、今回もこの処置を踏襲した。

3　ダンテ・アリギエーリ『地獄篇』（*Inferno*）第一五歌第一二一～一二四行。地獄の第七圏第三環で同性愛者として火の雨に打たれているダンテの師ブルネット・ラティーニが走り去るその姿が、あたかもヴェローナ郊外で催されるパリオ（徒競走）における勝者のようであったと歌われている。

4　この辺りで火薬の香りを含んだフレグランス（実際にいくつか存在する）を周囲にスプレイして読書を続けるのも、また一興ではないだろうか。文学史に絡めて言えば、ジョージ・エリオットが長篇小説『ミドルマーチ　地方生活の研究』（*Middlemarch: A Study of Provincial Life*）を分冊形式で発表していた頃のロンドンで、ジャーミン・ストリートのhammam（ターキッシュ・バス）の薫りにインスパイアされた調香師の手によって作られたと言われる伝説のフレグランス、ペンハリガン社の*Hammam Bouquet*も、ここで聞くにはこよなくそぐわしかろう。

5　文語譯聖書『マタイ傳福音書』第二六章第一四～一五節參照。

6　文語譯聖書『マタイ傳福音書』第二六章第七四～七五節參照。

7　T・S・エリオットの長篇詩『うつろな人間たち』（*The Hollow Men*）第一行。フランシス・フォード・コッポラの映画『地獄の黙示録』（*Apocalypse Now*）の終盤で象徴的に朗読されるのがこの詩である。

8　『バスハウス』所収のテクストでは、ここから97頁5首目に掛けて、しばしば三点リーダーにより短歌の一部ないし一首全体が消去されたかたちになっている。バスハウス内に立ち籠める湯気で「私」の視界が遮られたか、あるいは「私」が眠ったか気を失ったかしたという設定だが、体のよいセルフセンサーシップだという批判は当然あり得るだろう。『バスハウス』の出版は、ルビーの靴を履いた永遠のゲイアイコン、ジュディ・ガーランドの葬儀が行われた日の夜更けに起ったあのストーンウォールの叛乱から四半世紀を経てのことであった。

9　ハーブ・リッツの*Bodyshop Series*中の一枚*Fred with Tyres, Hollywood, 1984*に拠る。著者と同年のこの写真家が没したのは二〇〇二年だから、「バスハウス」執筆時には当然まだ生きていたのだった。不治だと言われ不道徳だと譏られもした新種の悪疫として猖獗を極めていたAIDSの影に、あの時代が暗く覆われていたことを忘れずにおこう。トニー・クシュナーが二部構成の戯曲『エンジェルス・イン・アメリカ／国家的テーマに関するゲイ・ファンタジア』（*Angels in America: A Gay Fantasia on National Themes*）で鮮やかに描いて見せた、あの混乱と苦闘の時代である。

ただ、急いでこう書き加えなければならない。この戯曲の第二部『ペレストロイカ』(*Perestroika*)の、一九九〇年二月のベセスダの泉(セントラルパーク、NYC)前に時間と場所とを設定されたエピローグ「ベセスダ」(Bethesda)で示される熱い希望が、今ではいささかオプティミスティックに感ぜられるのも確かなのだと。克服し得る病気にAIDSはなったが、時代は困難さの度合を増すばかり。しかも今年は二〇二〇年なのだ!

10　詩集『仮面』(*Personae*)所収のエズラ・パウンドの詩「マーヴォイル」(Marvoil)参照。サン・ミケーレ島に眠る詩人(È il miglior fabbro.)に呼び掛けると同時に定型詩人としての著者の覚悟をも表明した連作短歌「先生の先生　東洋の一定型詩人の(声に出して読まれるべき)手紙」二〇首は、『全人類が老いた夜』(書肆山田、りぶるどるしおる51、二〇〇四年)に収められている。

11　アルバム *Sgt. Pepper's Lonely Hearts Club Band* 所収のザ・ビートルズのナンバー A Day in the Life 参照。このアルバムについては、本書所収の『墓』註16をも参照されたい。

12　逐一註は施さないが、「喉」と「ノド」との組合せはこの後も繰り返し登場する。カインの弟殺しは、オイディプースの父殺しなどと同様、著者が繰り返し使用するモチーフとなった。本書所収の『墓』註21および註14参照。

13　ウルガタ訳聖書『雅歌』(*Canticum canticorum*)第一章第四節参照。著者所有のテクスト(註2参照)ではこの部分は nigra sum sed formonsa となっている。文語譯聖書『雅歌』第一章第五節における「われは黒けれどもなほ美《うる》はし」(本来総ルビの傍訓は、その多くを省略して引用する。以下同)に相当。105頁3首目および註48参照。

14　詩集『歓喜』(*Exultations*)所収のパウンドの詩「よき友のバラード」(Ballad of the Goodly Fere)の、最終連に当たる第五三〜五四行。この詩の標題には「熱心党のシモンがキリスト磔刑の後しばらくしてそう語った。」(Simon Zelotes speaketh it somewhile after the Crucifixion.)という註記が添えられている。

15　文語譯聖書『創世記』第七章第一一節などを参照。

16　『小頌栄』(*Doxologia minor*)の冒頭部分。全体は以下の通り。Gloria Patri, et Filio, et Spiritui Sancto. Sicut erat in principio, et nunc, et semper, et in saecula saeculorum.

17　この一首は『バスハウス』所収のテクストを採用した。「三蔵」第二号における初出時のテクストは《病む友は「疾く、死よ、來よ…」とつぶやきぬ（そをわが胸にそとくりかへす）》。『バスハウス』編輯時、AIDSによる死を暗示する改変が行われたわけだ。掛替えのない多くの命がAIDSによって空しく失われていった時代を、著者もまた辛くも生き延びたのである。AIDSとの苛酷な闘いの末に一九九一年に没したクィーンのフレディ・マーキュリー（の亡霊?）が後年、著者の『ローマで犬だつた』（書肆山田、二〇一三年。補註参照）の中の一章「（踊る男）と（着飾る女）」に登場するのも、従って単なる趣向などではない。あの時代に著者が負った癒やし難い心の傷を記念してのことなのである。註9をも参照のこと。

18　本書所収の『墓』61頁4首目、およびその註37を参照されたい。

19　ウルガタ訳聖書『ヨハネの黙示録』（*Apocalypsis Iohannis*）第一章第八節参照。文語譯聖書における「我はアルパなり、オメガなり」に相當。

20　文語譯聖書『創世記』第一九章第一～第八節参照。このふたりづれは著者の『ローマで犬だつた』（補註参照）において執拗に、あちらこちらに出現し、極めて重要な役割を演ずることになる。しかも『ローマで犬だつた』に登場するふたりづれは、ひとり天使たちばかりではない。本書所収の『墓』註47を参照のこと。

21　文語譯聖書『創世記』第一九章第二四～二八節参照。

22　ダンテ『地獄篇』第一五～一六歌参照。註3をも参照されたい。

23　ダンテ『地獄篇』第一六歌第一四行行末に拠る。「今は待て」の意。ヴィルジリオの言葉である。

24　本書所収の『墓』57頁6首目と同様、三島由紀夫の長篇小説『美しい星』を意識している。

25　ヴォルフガング・アマデウス・モーツァルトのジングシュピール『魔笛』（*Die Zaberflöte*）第一幕第一五場（第八番フィナーレの最初の場面）における、タミーノの問い掛けに寺院の中からソット・ヴォーチェで応答する男声四分合唱の言葉（Bald, Jüngling, oder nie!）の、短縮した形での引用。リブレットの作者はエマヌエル・シカネーダー。著者が初めて接し繰り返し聴いたこの曲の録音は、カール・ベーム指揮ベルリーナー・フィルハルモニカーの演奏（声楽陣はフランツ・クラス、ハンス・ホッター、ロバータ・ピータース、イヴリン・リア、リザ・オットー他。タミーノは早世したフリッツ・ヴンダーリヒが歌い、ディートリヒ・フィッシャー＝ディースカウが舞台では演じなかったパパゲーノとして颯爽と登場する。合唱はＲＩＡＳカンマーコーア）による全曲盤（ＤＧ）だった。

26 『レクィエム』(*Requiem*) の「続唱」(Sequentia) における「涙の日」(Lacrimosa) 参照。ここでは特に、遺作となったモーツァルトの二短調の*Requiem*におけるLacrimosaが想起されている。このナンバーの八小節目までを書いたところで、作曲家は長逝したのだった。著者が若年期から親しく接して来たこの曲の録音は、カール・ベーム指揮ヴィーナー・フィルハルモニカーの演奏（独唱はエディット・マティス、ユリア・ハマリ、ヴィエスワフ・オフマン、カール・リッダーブッシュ。合唱はヴィーナー・シュターツオーパーンコーア。ＤＧ）である。

27 ウィリアム・カーロス・ウィリアムズの詩集『ブリューゲルの絵とその他の詩』(*Pictures from Brueghel and Other Poems*) 巻頭の連作詩「ブリューゲルの絵」の第二篇「イカロスの墜落のある風景」(Landscape with the Fall of Icarus) 第二～三行。この詩の第一行の原文 (According to Brueghel) は後年、著者の『ローマで犬だつた』（補註参照）の中の一章「(water) and (stones)」において引用されることになった。

28 ウルガタ訳聖書『ヨハネの默示録』第九章第一二節参照。文語譯聖書における「第一の禍害《わざはひ》すぎ去れり」に相当。

バスハウス　下

29 ウルガタ訳聖書『ヨハネの默示録』第一六章第二節。文語譯聖書では「斯《かく》て第一の者ゆきて其の鉢を地の上に傾けたれば、獸《けもの》の徽章《しるし》を有《も》てる人々とその像を拝する人々との身に悪しき腫物《しゅもつ》生じたり。」と訳されている。「バスハウス」を本書に収めるに当たり、98頁のエピグラフと106頁のクォーテイションとを敢えて入れ替えた。この処置は決定的にして最終的なものである。註52を参照のこと。

30　ルイス・キャロルの『不思議の国のアリス（の冒険）』（*Alice's Adventures in Wonderland*）第一章「うさぎの穴に墜ちて」（Down the Rabbit-Hole）における白うさぎの第一声。著者はアリス二部作のテクストを何種類も所蔵しているが、その中で最も親昵してきたのはマーティン・ガードナー校註の*The Annotated Alice*のペンギンブックス版（架蔵本は一九七〇年の改訂版）である。今やこの本は愛読が過ぎ、無線綴じの製本が綻びてばらばらの状態にあるのだが、そうであっても、否、そうであるからこそ、書棚の目立つ場所に大切に蔵められているのである。因みにこの版には註を含む書物全体のエピグラフとして、ジェイムズ・ジョイスの長篇小説『フィネガンズ・ウェイク』（*Finnegans Wake*）304頁の註3が全文（Wipe your glosses with what you know.）引用されている。

31　文語譯聖書『ヨハネの默示錄』第一六章第二節、および前掲の註29参照。

32　詩人の最初の詩集『堕落せぬ者たちのために』（*For the Unfallen*）所収のジェフリー・ヒルの連作詩「フォースタス博士」（Doctor Faustus）の第三篇「寓話の裏側」（Another Part of the Fable）第五行。この行から第八行までのスタンザは詩集全体のエピグラフにも用いられている。但しこのエピグラフは詩人の晩年に編纂された全詩集『壊れた階層　詩篇一九五二―二〇一二』（*Broken Hierarchies: Poems 1952–2012*）には採録されていない。

33　ヒルの前掲詩第六行参照。この註を校正しつつある著者の机上には、詩人の遺作となった壮大な結構の詩集*The Book of Baruch by the Gnostic Justin*が置かれている。時の経過に容赦は無い。

34　『ヨハネの默示錄』第五章第六節参照。ただこれは、著者が独自に得たヴィジョンだった可能性がある。

35　李白の詩「春日醉起言志」の第一句。この詩のハンス・ベートゲによるドイツ語訳は、グスタフ・マーラーの交響曲『大地の歌』（*Das Lied von der Erde*）のテノール独唱を伴う第五楽章「春に酔える者」（Der Trunkene im Frühling）の歌詞として用いられている。本書所収の『墓』註9参照。

36　キャロルの『鏡の国のアリス（鏡を通り抜けてそこでアリスが見つけたこと）』（*Through the Looking-Glass and What Alice Found There*）第四章「トゥイードルダムとトゥイードルディー」（Tweedledum and Tweedledee）参照。T・

S・エリオットは、『うつろな人間たち』を *This is the way the world ends / This is the way the world ends / This is the way the world ends / Not with a bang but a whimper.*（最終スタンザ全四行。原文もイタリック体）と結んだのだが。註30を、更には註7をも参照されたい。

37　Ditto.

38　ガブリエル・ガルシア＝マルケスの長篇小説『百年の孤独』（*Cien años de soledad*）を意識している。附言すればこの一首は、「バスハウス　上」が発表され「バスハウス　下」が準備されつつあった一九九二年八月に文業半ばにして病没した中上健次の、短篇小説集『千年の愉楽』をも強く意識しているはずだ。特別親しい間柄ではなかったが、著者は夜の新宿の二丁目やゴールデン街などで、永遠の兄貴と呼ぶのがこよなくふさわしいこの小説家と時折合流し、交驩している。酔っ払った彼を背負い、引き摺るようにして酒場から酒場へと流離ったこともあった。病を得るまではかなりの巨漢だった小説家の重さの記憶が、今なおありありと残っている。この記憶を軸に詠まれ中上健次その人に捧げられた著者の連作短歌「兄貴、とほんたうは……　中上健次没後十年の夏、新宿のとある酒場で」二〇首は、「中上健次没後10周年記念朗読会」（東京新宿・風花、二〇〇二年七月十三日）において著者自身により朗読され、『全人類が老いた夜』に収められた。本書所収の「単行本未収録連作短歌 Ⅳ」の内「エレファント亭で／つぶやくやうに歌はれた／とりとめのない／夜の歌」14首目（197頁6首目）をも参照されたい。

39　ダンテ『地獄篇』第二〇歌第八五行参照。山川丙三郎訳に拠る。

40　キャロル『鏡の国のアリス』第三章「鏡の国の昆虫たち」（Looking-Glass Insects）参照。主人公が仔鹿とともに物に名前のない（したがってアリスにも仔鹿にも名前がない）森を出る場面である。

41　ウルガタ訳聖書『マタイ傳福音書』（*Evangelium secundum Mattheum*）第二章第一三節参照。文語譯聖書における「エジプトに逃れ」に相当。天使がヨセフに掛ける言葉のひとつである。

42　ジョイスの長篇小説『ユリシーズ』（*Ulysses*）第一五挿話における The Prison Gate Girls の唄から。四文字語を二つ詠み込んだその全体は、If you see kay / Tell him he may / See you in tea / Tell him from me. である。一行目の kay

をイニシャルに変えてあるが、このKこそは『バスハウス』では特別な位置に配された連作短歌「パリサイドの日記　一九九二年六月」三〇首（初出は一九九三年一月発行の「円卓」第二号。初出時のタイトルは「大いなる平安の日常」／註56参照）の詞書（日記の地の文に当たる）に頻繁に登場するKに他ならない。

43　94頁1首目のリプライズ。

44　アルバン・ベルクのオペラ『ヴォツェック』（*Wozzeck*）第三幕第一場の、マリーがその子供に掛ける言葉参照。この作品のリブレットはゲオルク・ビューヒナーの未完の戯曲『ヴォイツェク』（*Woyzeck*）を作曲家自身が構成し直したもの。カール・ベーム指揮ドイチェ・オーパー・ベルリンのアンサンブルによる演奏（ヴォツェックはディートリヒ・フィッシャー=ディースカウが、マリーはイヴリン・リアが歌っている。ヘルムート・メルヒェルト、フリッツ・ヴンダーリヒ、ゲルハルト・シュトルツェ、カール・クリスティアン・コーン他が共演）を収めた全曲盤LP（DG）は、鉄棒の足掛け上がりが出来た御褒美として運動の苦手な少年だった著者が母方の祖父からプレゼントされたもので、爾来ウニヴェルザール社版スコアを参照しつつ長く愛聴して来た名録音である。

45　ウルガタ訳聖書『創世記』第四章第一四節参照。文語譯聖書における「地に吟行《さまよ》ふ」に相當。

46　ウルガタ訳聖書『創世記』第四章第一〇節参照。文語譯聖書における「弟の血の聲」に相當。

47　文語譯聖書『箴言』第二二章第一四節参照。

48　ローマナイズしたヘブライ語。ラテン語の nigra sum sed formosa に相當。91頁1首目および註13参照。『バスハウス』ではドイツ聖書協会版の *Biblia Hebraica Stuttgartensia* 改訂第四版（一九九〇年）からヘブライ文字で引用されているが、直接的にはジョイス『ユリシーズ』第一五挿話において年若の娼婦ゾウイがブルームにささやきかける言葉（原典でもイタリック体）からの引用であり、従ってこのかたちでの表記が理に適っていると言える。

49　ジョイス『ユリシーズ』第三挿話で引用されるヨセフとマリアの問答の内、懐胎したマリアに問い掛けるヨセフの不審の言葉。マリアの答は *C'est le pigeon, Joseph.* である。この問答の出典はスキャンダラスな経歴で知られるレオ・タクシルの反カトリック的バーレスク小説『イエスの生涯』（*La Vie de Jésus*）とされ、原典でもイタリック体のフランス語で引用されている。次註を参照のこと。

50 ジョイス『ユリシーズ』第一五挿話に登場するマシュー・アーノルドの仮面を着けたオックスフォード大学特別研究員のシャム双生児Philip DrunkとPhilip Soberの問答の内、Philip Soberによる答。Philip Drunkの問い掛けの言葉は*Qui vous a mis dan cette fichie position, Philippe?*である。要するにこの問答は、同書第三挿話のヨセフとマリアの問答（前註参照）を更に瀆神的に変奏したもの。原典ではここもイタリック体のフランス語で表記されている。

51 ウルガタ訳聖書『ヨハネ傳福音書』（*Evangelium secundum Iohannem*）第一八章第四〇節参照。文語譯聖書における「この人ならず、バラバを」に相当。

52 ホメーロス『イーリアス』（*'Ιλιάς*）第二三歌第九一〜九二行。註29を参照のこと。夢枕に立ったパトロクロスの亡霊がアキレウスに語り掛ける言葉の最後の部分。自分の遺骨をアキレウスの遺骨と併せて一つの櫃に納めるよう懇請している。第九一行は後年、『ローマで犬だった』（補註参照）の最終章「（さへも）と（せよ）」においても引用されることになった。本書所収の『墓』註47参照。ここを境に「バスハウス　下」は二つに分かたれる。

53 肉親を含む周囲の人々を次々と巻き込みながらスターリニズムのテロルの嵐が吹き荒れていた時代に創作され、詩人とその友人たちの記憶の中だけに長く保管された後、母国では作者の没後二十年以上を経てようやく全篇が公刊されたアンナ・アフマートヴァの連作長篇詩『レクィエム』（*Реквием*）の、第一〇章「磔刑」（Распятие）に添えられた二行のエピグラフ。聖土曜日の礼拝において唱われる聖歌「第九イルモス」（Ирмоса IX）からの、詩人による不正確な引用である。「我がために泣くなかれ、母よ、／我は墓の中にあり。」と訳されよう。聖歌は正しくは«Не рыдай Мене, Мати, зрящи во гробе...»と唱われる。

54 鎌倉佐弓の句集『天窓から』所収の俳句「この母の骨色の乳ほとばしれ」に拠る。

55 ウルガタ訳聖書『ヨハネ傳福音書』第一九章第二七節参照。いわゆる「十字架上のキリストの最後の七つの言葉」（Septem verba Domini Jesu Christ）の内、第三の言葉の後半。文語譯聖書における「視よ、なんぢの母なり」に相当。第三の言葉の前半は第二六節にある。なお、註53をも参照されたい。

56　迦陵頻伽と漢訳されるサンスクリット語をローマナイズするとkalavimkaとなる。著者の亡母の後《のち》の諱《いみな》は慈照院釋迦陵大姉。『バスハウス』では、「バスハウス　上」と「バスハウス　下」の間に母の死で終る日記仕立ての連作短歌「パリサイドの日記　一九九二年六月」三〇首（註42参照）が挿入されている。この連作に添えられたフランス語のエピグラフには出典が明示されていないが、これはマルセル・プルーストが「フィガロ」一九〇七年二月一日号に発表したエッセイ「ある親殺しの感情」（Sentiments filiaux d'un parricide）の、スキャンダラスに過ぎると判断され編集者の独断で削除されてしまった最終パラグラフである。後に当該エッセイが『模作と雑録』（*Pastiches et Mélanges*）に収録された際にも何故か復原されなかったこのパラグラフについては、『現代詩としての短歌』（書肆山田、りぶるどるしおる31、一九九九年）所収の著者の論攷「母殺しの栄光――オレステースを演じた寺山修司」（初出は一九九三年十二月発行の「ユリイカ」臨時増刊「総特集＝寺山修司――地獄を見た詩人」）を参照されたい。鈴木道彦による訳が筑摩書房版『プルースト全集』第15巻から引用されている。

57　『般若心經（般若波羅蜜多心經）』（*Prajñāpāramitā-hṛdaya-sūtra*）における真言（mantra）より、「般羅揭帝」（pāragate）の意訳。真言の全文は、「揭帝　揭帝　般羅揭帝　般羅僧揭帝　菩提僧莎訶」（gate gate pāragate pārasaṃgate bodhi svāhā）。訳文は岩波文庫版『般若心経・金剛般若経』（中村元・紀野一義訳註）掲載のテクストに従った。ローマナイズされたサンスクリット文の表記も漢訳文の表記も同様である。

58　コンスタンディノス・カヴァフィスの技巧的な構造を持つ詩「よく似合う白いきれいな花」（*Ὡραῖα λουλούδια κι ἄσπρα ὡς ταίριαζαν πολὺ*）第一九行参照。幸運にも私たちは二種類の日本語版、ひとつは中井久夫、ひとつは池澤夏樹の手に成る優れた翻訳によって、カヴァフィスの全詩集を味読することができる。だから確信を持って言っておこう。アレクサンドリアに生れ、アレクサンドリアに生き、アレクサンドリアに死んだギリシア人カヴァフィスは、我等が偉大な先師なのだと。真に孤独な詩人としても……。危険な愛の巡礼としても……。

59　『般若心經』の真言より。「往ける者よ」の意。

60　ダンテ『地獄篇』第三四歌第九五行参照。山川丙三郎訳に拠る。

61 『般若心經』の真言の最後に唱える秘語。サンスクリット文のローマナイズ。「幸あれ」などと訳し得よう。

62 Ditto, ditto!

補註 109頁3首目の歌の後、『バスハウス』所収のテクストでは「svāhā」が三行に分けて三回繰り返される。ここにT・S・エリオットの長篇詩『荒地』（*The Waste Land*）の最終章「雷神の言葉」（What the Thunder said）の最終行（Shantih shantih shantih）の余響を聴かずに済ますことはできないだろう。さらにその後、「svāhā」がデーヴァナーガリー文字で一回引用され、ダンテ『地獄篇』第三四歌の最終行（E quindi uscimmo a riveder le stelle.）が原典から引用されて、『バスハウス』におけるテクストは終っている。今回のテクストでは「svāhā」の三回の繰返しのみを『バスハウス』所収のテクストから採用したが、これについては視覚的な観点から註番号を振らず、この補註で言及するに止めた。因みに「三蔵」第三号に予告されている著者の次回作は、「アペル・アンテルステレール（I）」である。このタイトルは、オリヴィエ・メシアンの独奏ピアノ、ホルン、シロリンバ、グロッケンシュピールとオーケストラのための『峡谷から星たちへ』（*Des canyons aux étoiles...*）の、ホルン独奏のみによる第六楽章「恒星間の呼び声」（Appel interstellaire）から借用したものであり、結局創作されなかったその作品は、「バスハウス」が終ったところから始まる大作となるはずであった。またそれは、「バスハウス」を地獄篇に準えれば煉獄篇に擬え得る作品になるはずでもあったのである。この企ては、『バスハウス』刊行後の著者の文学的成長（そう呼んでよければ！）によって構想にも方法にも大きな変更があったものの、詩誌「るしおる」と同人誌「三蔵2」にそれぞれ六回ずつ（前者においては二〇〇〇年五月発行の40号から二〇〇六年四月発行の60号まで、後者においては二〇〇二年一月発行の創刊号から二〇〇六年十月発行の終刊号まで）掲載され、更にそののち六年に及ぶ熟成期間を経て単行本化された全一二章一二五〇首からなる大著『ローマで犬だつた』（ブックデザイン＝白井敬尚、書肆山田、二〇一三年）において、辛うじて実現したと言えるのかも知れない。

Tanka from *Bathhouse*

Partings at Dawn: An Anthology of Japanese Gay Literature, edited by Stephen D. Miller, introduction by Paul Gordon Schalow, Gay Sunshine Press, 1996. に収載された佐藤紘彰編訳 Tanka from *Bathhouse*（英語版『バスハウス』抄）の全篇を、著者への取材を行った上で編まれた「NOTES」を含めて採録した。連作短歌「バスハウス（上・下）」からのみならず、『バスハウス』所収の連作短歌「東京＝ソドム　または新宿で夜を明かす」（初出は俳句同人誌「未定」第34号・臨時増刊＝特集・都市、一九八七年八月。初出時の標題は「東京＝ソドム　またはShinjukuで夜明し」）からも抄出されている。なお、「NOTES」の末尾に新たに訳者紹介を附した。原典は横組左綴じの造本で、短歌部分は一頁一一首組（ローマナイズした日本語と英訳との組合せで一頁一一セット）にレイアウトされている。

Tanka from *Bathhouse*   Translated by Hiroaki Sato

Tokyo=Sodom   or Spending a Night in Shinjuku [1]

Ten ni Sodomu [2] *ina chi ni Sodomu aogimiru machi wa hikari no chūrō ni shite*

Sodom in heaven   nay   Sodom on earth you look up city's all colonnades of light

<Junkyō no to no zakuro nasu kizuguchi> to iu ya sakaba mo mata katakombe

<Martyr's pomegranate-like wounds> you say and the bar also turns into a catacomb

Chichi o sagasu   sore tomo tare o? Sakazuki ni sakashima ni utsureru seiza ari

Looking for father   or the whom? Reflected upside down in a glass a constellation

Suki tsubaki koso wakiizure tsumi ni nite nabe ni kemono no wata tagirunari

The sour saliva bubbles up resembling sin intestines of some beast boil in a pot

Wakaki-ra ga otoko nagarani hiku mayu no midori mabushiki yo mo fukenikeri

The young ones though male paint eyeblows dazzlingly green the night has deepened

Itsuwari no tsuki ni koso toe hatomune no shōnen atai ikubakunaru kawa

Ask the false moon no less how much is the value of the boy with a pigeon chest

Mad am, I mad am . . .[3] *ame no naka yukizuri no otoko o uragaesu*

Mad am, I mad am . . . in the rain I turn a man who happens to pass by inside out

Bathhouse I

Tasogare no machi ni samayoi ideshi yori waga mi nemuri ni michite kaguroshi

Since I wandered out into twilight town my body filled with sleepiness has been dark

Sudeni shite nikuyoku ni tsukareshi karada   osoraku wa waga tamashii mo mata

So early and yet my body is tired out with lusts   so is my soul very likely to be

Sakazuki ni shizumishi yume ya kono mi nimo muku no hito no ko narishi hi wa ari

All those dreams drowned in wine cups this body too had days it was an innocent child

Michite nao ue, uete nao . . .   koyoi waga ikanaru kairaku o aganawam

Satiated and yet starved, sterved and yet . . .   tonight what kind of pleasure shall I buy

Osoraku wa kyoki   ina   waga saezae to sukitōri yuku koyoi no shōki

Probably this is madness   nay   I grow ever more transparent tonight this sanity

Chikaranaku warau koto nimo umihatete koyoi mata waga toubeki akusho

Thoroughly wearied of even smiling weakly tonight again I go to visit the evil place

[Ningen o uru mise bakari nigiwaeru (machi] o hono'o ga tsutsumu hi o machi)

"Only the stores selling humans thrive in (this town" I wait for the day to wrap it in flames)

Waga kokoro itaku itaminu horobiyuku shu to shite no jinrui o omoeba

My heart aching aches thinking of mankind as a species that's bound to become extinct

Tsudoikite shikamo modashinu utsukushiki akuma · iyashiki tenshi no tagui

They gather together and yet remain silent beautiful devils · base angels and such

Shi no machi ni ide au warera sorezore ga sorezore no kodoku ni michibikare

We come out into the city of death to meet each of us led by his own solitude

Seidō no jido doa   dono tamashii mo modashite kuguru (shi o nozomugani)

Bronze automatic door   every soul goes in there in silence (as if all wishing to die)

Warera mina nageki no ukara surechigau mono ni kayaku no nioi kasokeshi

We are all the members of a family of grief someone passes by me with a whiff of gun powder

Sokobaku no kane [4] *to kagi to o hikikaenu (kono kagi ya te ni kōri no gotoshi)*

Having exchanged a modicum of money for a key (to my palm this key feels loke ice)

Higezura no otoko to otoko   sono ashita Petero wa itaku nakeri [5] *to ieri*

Bearded man with bearded man   the next morning Peter is said to have cried his heart out

Amaku suki otoko no ase no ka wa michite kōishitsu   kōkō to akarushi

Filled with the sweet sour fragrance of male sweat the locker room uneasily bright

[Tozasareshi yami ni kako ari] rokkā no to wa aozamete kishimite hiraku

“A locked darkness has a past” the door of the locker turns pale creaks and opens

Maboroshi no sora yuku kari ya tameiki o tsukugani fuku wa mina nugisuteki

Geese flying through an illusory sky as if sighing all take their cloths off and discard them

Suhadaka to narite koso shire jitsuzon to shite no otoko no inochi no kageri

Only when stripped naked you know the shades of life of man as a real being

Chichūkai-teki ratai! unuboruru niwa aranedo uruwashiki kono ukara

Mediterranean nudes! I don’t want to boast, no, but we are such an elegant tribe

Yaya yosete shikarunochi agu   wakamono no mami towa (umi yo!) utsukushiki mono

Pull them a little closer and lift them   a young man’s eyebrows (oh ocean!) so beautiful

Modasu yori kizaseru déjà vu   *midori koki kage wa otoko no mabuta o yogiri*

Fall selent and a sign of *déjà vu*   a dark green shadow crosses the man’s eyelids

Sorezore no otoko no uchi ni nikuyoku wa shizuka ni tagiru (umi no gotokuni)

Inside every man each differently bodily desire boils in silence (as the ocean sea)

Torawarete irunari   warera yokubō no hitoya ni, nitorizutsu, eien ni . . .

Incarcerated we remain   all in the prison of lust, each separately, for eternity . . . .

(Tachisawagu umi no okuka ni hikari aru gotoshi) hotereru warera ga niku yo

(As if there were light in the depths of the turbulent sea) gleaming with heat oh our flesh

Koi yue ni shinaba shinubeshi yukizuri no hitoyo kagiri no koi naraba nao

If you are to die of love you should all the more because this is passing one-night love

Kaeri mitsu, mata, kaeri mitsu, kairō o, yukikau, tamashii, no, kodokusa yo!

They turn to look, again, they turn to look, as they pass in the hall, souls, so, lonesome!

We are the hollow men[6] . . . *kuchizuke o kawasu otoko mo itaku kokoro ni nakam*

We are the hollow men . . . men kissing each other must be crying terribly in their hearts

Inu no gotoki me mote mukaeba aburu yori shawā wa inu no gotoku sakebinu

I face the shower with dog-like eyes the moment it douses me it cries out like a dog

(Shikkoku no) gomu no kappa de (nurenagara) tsumetaki ame ni utaishi mono yo

In a raincoat made of (coal-black) rubber (getting wet) in the cold rain, you who sang

Furu taiya yue naku omoshi (wakamono no hohoemu hoho wa abura ni yogore)[7]

For no reason the used tire feels heavy (the young man's smiling cheeks stained with oil)

Wakamono no ase mo kegare mo oshinagasu beku ame yo fure   shiokaraki ame!

So you might wash away the young man's sweat and befoulment, rain, fall salty rain!

Sekken o hirowam to waga kagamu toki — shawā wa hada o sasuga ni itashi
To pick up the soap I bend forward when — the shower hurts my flesh as if it pierced me

O hole in the wall here! [8] *nozoki miru kokoro mo ana ni sugizaru kokoro*
O hole in the wall here! one taking a peek has a heart which is no more than a hole

(Ai wa kakutō-gi ni samo nitari) aishiau sugata kedakaki otoko-tachi kamo
(Love is just like wrestling) the way they love each other they appear ever so noble

Miru mono no kokoro soko naki ana naramu (Rankashā ni wa 4000 no ana) [9]
The peerer's heart has got to be bottomless pit (in Lancashire there are 4000 holes)

(Nodo mo mata hitotsu no seiki) kasukanaru ugai no oto ni mimi o sumashinu
(The throat is another sexual organ) at a faint sound of gargling I prick up my ear

Nameishi no yubune ni kuroki nami wa tachinu [mukashi Rōma ni chi no furo ariki

In the marble bathtub black waves rise "long ago in Rome there used to be a bath of blood

[Keikan mo heishi mo hanabi shokunin mo shizumete fukaki yubune narikeri

"A policeman, a soldier, a firecracker craftsman, all sunken deepry in this buthtub

[Takumashiki dorei futari o atsumono ni nite . . .] —namagusaki kujaku no ōgi

"Having made hot soup of two brawny slaves . . ." —the raw-smelling fan a peacock makes

Sekinetsu no tetsu ka to mireba yu no naka ni otoko sesuji o tatete shizumaru

Red-hot pig iron I first thougt in the hot bath a man his spine straight squats immersed

Ōkoku wa yuge no naka ima, yu kara agaru otoko o henreki no kishi to shite

The Kingdom is in this steam now, the man rising from the bath a wandering knight

Nikuyoku o nirekamitsu, koki kiri no naka e kieyuku junrei   no, ato o ou

Ruminating on lust, a pilgrim disappears into a dense fog   him, it is that I run after

Himerareshi nessa no machi ya taishō ga tsurekitaru chō bibō no dorei

A hidden town of hot sand the caravan has brought they say this beautiful slave

Nisshoku no hi ni areshi yori kokujin no kuroki hadae wa hi no goto atsushi

Because he was born the day of solar eclipse the black skin of this black man hot as fire

Murasaki ni nagaruru kami no ko no kami o mugoku mo atsuki kaze ga fukukamo

A boy whose hair flutters purple through that hair of his does a savagely hot wind blow

Nikuyoku wa iyoiyo omoshi haku iki mo kogorite atsuki ishi to naruram

Lust grows ever more heavy even the breath I exhale will congeal and turn into hot stone

Neppū no kuraki hibiki ya utsumukite modaseru otoko tachi   tare o matsu

Dark ringing of burning wind face down and keeping silent these men   for whom do they wait

nigra sum sed formosa [10] *to utaitsutsu warera iyashiki mono   ase mamire*

nigra sum sed formosa so singing we base fellows are   covered with sweat

Shirakaba no eda mo gamo   waga nikuyoku ni yakaruru hada o muchiutam tame

Would I had a white birch branch   so I might whip my flesh burning with lust

Yo ni miteru sachi-naki tomo yo mukashi no ni I ha' seen him eat o' the honey-comb [11]

Hapless friends who fill this world once in the field *I ha' seen him eat o' the honey-comb*

Sin' they nailed him to the tree. [12] *Tomo to iu tomo o kokoro no mama ni kou kamo*

Sin' they nailed him to the tree. Every friend of mine I long for as my heart desires

Sabakaruru kokoro   otoko no hiroki se wa naku ga gotoku ni asesu to mieki
Must feel he's being judged   a man's wide back perspires I see as if he were weeping

Hi no miyako niwa hi no ikari   hi no ame no furu hi hisokani machi-waburu kamo
In this city of fire the anger of fire   I secretly yearn for the day the rain of fire falls

Mawashi nomu nise no tabako ya toki toshite hito wa shi o koinegau mono nari
Counterfeit cigarette we pass around and smoke a man at times dose yearn for death

Chiryoku tairyoku tomoni isasaka mahi-seruka (akirakani waga mirai wa oboro)
Both intellectual power and physical power somewhat numb (clearly my future blurs)

(Hikari arashimeyo   towa kokoro niwa sakebe domo) dōkō ni sandai wa kizaseri
(Let there be light   so I cry in my heart but) my pupils have a symptom of dilation

Magagoto no gotoku nioeri kuragari ni nakaba nemureru otoko no karada

Smelling like some apocalyptic event in the dark lies the body of a man half asleep

Norowareshi nemuri   otoko ga sono kata ni nosuru wa michi no otoko no <atama>

Cursed sleep   what the man has on his shoulder is the <head> of someone unknown to him

Chikatetsu ni noriite mimi ni kotoba ariki [Nanji, nanji no rinjin o koe]

While I'm in the subway I ride the word comes to my ear "Thou, love thy neighbor"

Man'in no shachu hisokani tsunagaruru mono ra   me to me de, te to dankon de

In the crowded car these men are secretly linked   eye with eye, hand with manroot

Nani o miru kokoro zo   samaki eigakan wa ushiro no hō no seki bakari komi

What do they have in mind to see   in the small movie house only seats at back crowded

Yokubō wa kasumi midarete sono tsutae (Sono no higashi no) nodo made tassu

Lust accumulates rises rampant, its end reaching Nod the Throat (in the east of Eden)

Hate no naki kami no ikari ya Sōseiki yori Mokushiroku made kami   ikaru

Endless is God's anger: from Genesis to The Revelation God   remains agnry

Sono ikari yurishi wa yume ka   yubi o kamu gotoku otoko o soto kaminikeri

Forgave the anger was it a dream   as if biting a finger I surreptitiously bite a man

Sono atsuki karada ni furete kanashiminu (kanba towa geni kedakaki kemono)

Touching his heated body I find myself aggrieved (a bronco is yes such a noble beast)

Hadakam'ma o gyoshite hanasaku hatsunatsu no mori o haseyuku hadakamusha wa tare?

Galloping a saddleless horse through a flowery early summer wood who is that nude warrior?

Majiwareba sunawachi kemono (ōgon no kami no otoko mo kuroki otoko mo)

Copulating we're all equally beasts (whether they are men with golden hair or dark men)

Otoko nimo chikubi aru koso kanashikere kameba honokani chi mo nijimunari

That a man also has nipples makes you so sad when I bite one of them blood seeps

Gloria Patri, et Filio, [13] *. . . seieki to chi to ni yori tsutawaru, sei mo shi mo!*

Gloria Patri, et Filio, . . . conveyed through semen and blood yes, both life and death!

Imi mo naku yaseshi kono mi ya kono tokoro shisha ni fueyuku tomodachi no kazu

This body grown thin with no reason these days increasing among the dead the number of fiends

Niku no yoku yue ni yamutomo   utsushimi wa tada kairaku no utsuwa ni sugizu

Ill 'cause of bodily desire yes   this wordly body's merely a pleasure vessel, no more

Yamu tomo wa [toku, shi yo, koyo . . .] to tsubuyakinu (And I Don't Say) *yamu tomo wa!*

My sick friend has murmured, "Quick, Death, come . . ." *(And I Don't Say)* my sick friend!

Niku o saki kokoro o kizamu sube mo gana — sei wa osoraku shi yori mo kurshi

Wish I knew how to tear the flesh and mince the heart — life is probably darker then death

[Seigi] tou kotoba wa nigashi shiniyukuni hito wa kemono no gotoku ikizuku

The word "justice" makes you feel bitter as he lies dying the man breathes like a beast

Hi no nodo ni semete wa maboroshi no yuki o furashimeyo   aa   seija mo kawaku

Let at least a phantom snow fall in the fiery throat   ah   even a living one grows parched

[Waga, hai wa, umi ni, make] tote shinishi tomo o, yakinu   hanasaki miteru misaki ni

"Scatter, my, ashes, in the sea" my friend said and died, I burned him   at a flowery cape

Ningen wa ippon no kuda (hi to moyuru tenshi no ude ni yori futagaruru)

A man is a single duct (violated by the arm of an angel burning like fire)

Oto tatete musabori kū ni ichijiku wa amashi   otoko no shita, motto, amashi

The pomegranate I devour and swallow noisily is sweet   a man's tongue, is far, sweeter

Futarizure no tenshi[14] *wa machi no otokotachi ni (jitsu wa!) mawasareki.   to iu tsutae*

The pair of angels were (in truth!) gang-banged by the men of the city. So the legend goes

Machi ni tatsu kemuri   waga akuheki ni nazumu mi no nadote toku shio to narazaru[15]

Smoke spurts up in city   mired in foul habits why don't I quickly turn into salt

Hi no ame ni utarete hashiru otoko[16] *(aa) kokoro wa kare ni mottomo nitari*

A man runs pelted by a rain of fire (ah) my heart resembles him more than anything else

Karamiau mitari no otoko . . . Or aspetta![17] *ase ni mamireshi tamashii mo mitsu*

Three men entangled with one another . . . *Or aspetta!* souls drenched in sweat also three

Tsumi yue ni tsuyamekeru amata no ratai so o ningen no nawa ni nau mono

Countless nude bodies aglow because of sin what turn them into a human rope

Wakamono no muku no ratai wa idakishimeyo . . . matawa nawa mote shibariagubeshi

Hold tight a young man's innocent nude body . . . else tightly tie it up with a rope

Bun ni bu ni hiidete shikamo burai naru otoko koso makoto no otoko nare

Excelling both in poetry and power and rescally besides such is truly a man among men

Mekakushi o sarete otoko wa tsubuyakinu [Itsu no hi, itsukushiki, hoshi o, mim . . .]

Blindfolded the man has whispered "When is it, that I can see, beautiful, stars . . ."

Nemuri yuku sekai no soko yu otoko-tachi wa Bald, oder nie! [18] *to kotaenu*

From the base of the world where they fall asleep, men have responded, *Bald, oder nie!*

Kuraku koki kūki no soko ni yokotawari nemureru otoko tachi   sono neiki!

Lying at the base of the air that's dark and thick men are asleep   their breathing in sleep!

Unazoko ni uree no inochi amata tsudoi utau to ieri Lacrimosa . . . *to*

At the bottom of the ocean numberless sad souls gather they say and sing, *Lacrumosa* . . .

Motsureai yumemiru otoko tachi ya yoshi (ekika ni amaki ase o takuwau)

So good are men in entanglement and dream (stored in their armpits is honey sweat)

Genshisha wa «sasori» to yobamu   nemuru hito o nemureru mama ni okasu otoko o

A hallucinator would see «a scorpion»   in a man who rapes a sleeping man while asleep

Hototogisu towa don'na tori? [19] *Chim'moku no TV ni hito o fuwake no VIDEO*
What kind of bird is a cuckoo? On silent TV a video showing a man being dissected

Nemuri e to ochiyuku   Buryūgeru ni yoreba when Icarus fell / it was spring [20]
Falling into sleep further   according to Brueghel *when Icarus fell / it was spring*

vae unum abiit [21] *saredo waga kuraki nemuri no soko o yogiru kage ari*
vae unum abiit and yet at the base of my dark sleep there is a shadow passing

Bathhouse II

I shall be too late![22] *waga tamashii no tadanaka o kakeyuku kage o ou*

I shall be too late! I chase a shadow that run away through the midst of my soul

Hito wa motsu (sukuwaruru tegakari to shite?) tsuyakeku tsumi fukaki tamashii wo

A man possesses (as a means of having himself saved?) a dew-drenched sinful soul

Hakaana o tomedonaku ochiyuku yume o miki   waga dorodarake no tōgai

I dreamed of falling unstoppably toward the bottom of a grave   my skull covered with mud

Yume wa niru · gomon ni · waga anaura o hono'o no shita ni neburu mono ari

The dream resembles · a torture · someone's lapping the sole of my foot with a fiery tongue

Mimi wa sore shinkai no kaki. Shiroki ha to shinku no shita to mote seseraruru

The ear is an oyster in the deep sea. It gets sucked by gleaming teeth and scarlet tongue

Kōmon ni <kiba> motsu ukara, nama-gusaki ame no chimata ni, wakinu. To, ieri. . . .

Tribe with <fangs> in their rectums, pullulated, in a town in raw-smelling rain. They, say . . . .

NIkutai wa namari no koromo! Kore nakuba, kokoro wa, suishō ten, ni, asobamu

Body is a lead garment! Without this, the heart, would play, in, Crysral Heaven

[Sono kuchi wa fukaki ana nari] [23] *chimamire no tsubasa no tenshi, kore ni ochiiru*

"That mouth is a deep pit I tell you" the angel with bloodied wings, falls into it

Tsukikage wa kasuka . . . Mushō ni shokushitaki (binzume no) katatsumuri no tamago

Moonlight is faint . . . For no reason I'd like to eat the eggs of snails (that are canned)

Junpaku no shikifu to takufu   kono nodo o ochiyukishi musū no sei to shi to

Snow-white bed seet and tablecloth   all the countless lives and deaths that fell into this throat

Otōto no hone, ani no hone. Dono hone mo sonomoto <haha no honeiro no chichi>

Kid brother's bones, big brother's bones. Both bones originally <mother's bone-colored milk>

Utsukushiki yōji no kioku. —ha mote kamu haha no chikubi ni chi wa nijimikeri

Beautiful infant memory. —The way blood seeped from mother's nipple I bit with teeth

Kono niku wa haha no niku, kono tamashii wa . . . tamashii wa (aa) iō no nioi

This fleash is mother's flesh, and this soul is . . . this soul (ah) has a sulfurous smell

NOTES

[1] Ishii is a poet who writes mainly in the 5-7-5-7-7-syllable tanka form. He believes that each of the Japanese syllabic units, 5 and 7, is comparable to a trochee and that therefore the tanka can only be written in one line. See his argument in *Gendaishi to shite no Tanka* (Shoshi Yamada, 1999).

[2] Kunio Tsukamoto's tanka in his collection *Seisan Zu* (Picture of Astral Dining): *Ten ni Sodomu chi ni ase niou Tekisasu no kutsu mote macchi suru otoko-ra yo,* "Smell of Sodom in heaven, sweet on earth, you, men, who strike a match against your Texas boots".

[3] A palindrome that appears on page 132 of the original text of Joyce's *Ulysses*: — Madam, I'm Adam. And Able was I ere I saw Elba.

[4] St. Matthew 26:14–15: "Then one of the twelve, called Judas Iscariot, went unto the chief priests, And said *unto them,* What will ye give me, and I will deliver him unto you? And they covenanted with him for thirty pieces of silver."

[5] St. Matthew 26:74–75: "Then began he to curse and to swear, *saying,* I know not the man. And

immediately the cock crew. And Peter remembered the word of Jesus, which said unto him, Before the cook crow, thou shalt deny me thrice. And he went out, and wept bitterly."

[6] T. S. Eliot's poem, "The Hollow Men."

[7] Inspired by "Fred with Tyres, Hollywood, 1984" in Herb Ritts' *Bodyshop Series*.

[8] Ezra Pound's poem, "Marvoil."

[9] The Beatles' song, "A Day in the Life."

[10] Song of Solomon 1:5: "I *am* black, but comely, O ye daughters of Jerusalem, as the tents of Keder, as the curtains of Solomon."

[11] Ezra Pound's poem, "Ballad of the Goodly Fere," As Pound notes, this is "Simon Zeletes speaking after the Crucifixion. Fere = Mate, Companion."

[12] Ditto.

[13] *Gloria Patri* (Lesser Doxology): *Gloria Patri, et Filio, et Spiritui Sancto: sicut erat in principio, et nunc, et semper, et in saecula saeculorum* (Glory be to the Father, and to the son, and to the Holy Spirit: as it was in the beginning, is now, and ever shall be, world without end).

[14] Genesis 19:4–8: "But before they lay down, the men of the city, *even* the men of Sodom, compassed the house round, both old and young, all the people from every quarter: And they called unto Lot, and said unto

him, Where *are* the men which came in to thee this night? bring them out unto us, that we may kmow them. And Lot went out at the door unto them, and shut the door after him, And said, I pray you, brethren, do not so wickedly. Behold now, I have two daughters which have not known man; let me, I pray you, bring them out unto you, and do ye to them as *is* good in your eyes: only unto these men do nothing; for therefore came they under the shadow of my roof."

[15] Genesis 19:24–26: "Then the Lord rained upon Sodom and upon Gomorrah brimstone and fire from the Lord out of heaven; And he overthrew those cities, and all the plain, and all the inhabitants of the cities, and that which grew upon the ground. But his wife lookd back from behind him, and she became a pillar of salt."

[16] Homosexuals as described in Cantos XV and XVI of Dante's *Inferno*. In Canto XVI there occurs a passage: *quand tre ombre insieme si partiro / correndo, d'una torma che passava / sotto la pioggia de l'aspro martiro* ("when three shades together, running, quitted a troop that passed beneath the rain of the sharp torment" — in the translation of John Aitken Carlyle, Thomas Okey, and P. H. Wicksteed).

[17] From the opening section of Canto XVI, of Dante's *Inferno: "Or aspetta," disse, "a costor si vuole esser cortese"* ("Now wait: to these courtesy is due").

[18] Mozart's *Die Zauberflöte: "Stimmen: Bald, Jüngling, oder nie!"* (Voices: Soon, youth, or never!).

[19] One Japanese legend says that the cuckoo is the messenger of death. It echoes the Chinese legend that

the soul of Emperor Shu turned into this bird.

[20] William Carlos Williams' poem, "Landscape with the Fall of Icarus," in his collection, *Pictures from Brueghel*.

[21] The Revelation of St. John the Divine 9:12: "One woe is past; *and*, behold, there come two woes more hereafter."

[22] The Rabbit's first word in *Alice's Adventures in Wonderland*.

[23] Proverbs 22:14: "The mouth of strange women *is* a deep pit: he that is abhorred of the Lord shall fall therein."

Hiroaki Sato, born in Taipei, in 1942, moved, in 1968, to New York where he has since lived. Among his three dozen books of translation into English of Japanese poetry, classical and modern, *From the Country of Eight Islands: An Anthology of Japanese Poetry*, with Burton Watson (Doubleday, 1981), won the PEN American Center translation prize, and *Breeze Through Bamboo: Kanshi of Ema Saikō* (Columbia University Press, 1997) the Japan-U.S. Friendship Commission prize. In prose, *The Silver Spoon* by Kansuke Naka (Stone Bridge Press, 2015) won the same Friendship Commission prize. He has also written a book of poems, *That First Time* (St. Andrews Press, 1988), as well as *Legends of the Samurai* (The Overlook Press, 1995), and *Persona: A Biography of Yukio Mishima* (Stone Bridge Press, 2012), a greatly expanded adaptation in Englich of Naoki Inose's *Persona*. Among his recent books are *On Haiku* (New Directions, 2018) and *Forty-Seven Samurai: A Tale of Vengeance & Death in Haiku and Letters* (Stone Bridge Press, 2019). From 1988 to 2003, he wrote a lirerary column for the OCN News; and from April 2000 to October 2017, a monthly column on current and historical matters for *The Japan Times*, "The View from New York." He become a US citizen in 2006.

単行本未収録連作短歌　Ⅰ

単行本未収録の連作短歌の内、二〇一三年に創作したやや実験的な作品二篇を纏めた。どちらの作品も音数上は二行で一首の短歌となっている。音楽用語を用いればダ・カーポして繰り返し読まれることを想定している「信じてはならない」は、朝日新聞東京本社版二〇一三年二月十九日付夕刊の「あるきだす言葉たち」欄において発表された。末尾に印刷されている「*Da Capo*」の標記は、本書に収めるに当たって附加したものである。「小鳥を逐つて」は本書が初出となる。

信じてはならない

信じてはならない。　巫女《フヂヨ》が
震へつつ占ふ（君の）明日《あす》を。事無き
人生を。　疑つてみるべ
きだ。（肉眼では）確かめる術《すべ》もない
天文学を。　凶兆は
既に（君の）鼻先にある。臭《にほ》つては来
ないか？　海が。　腐つた

油を泛《うか》べ、押し寄せる（空柴色《うつぶし》の）海が。そして風が。　風は雷霆《ライティ》を孕み、雷霆は（君の）肝先に落ちる。

ルカヌスは「戦後生れのぼくたちにも戦争を」と詠《うた》つたが、戦地ではないのか？　逃げ惑ふ人びとがゐるからには、ここは。音も無く終るに違ひない。　濁りゆく大気に、囲繞《キゼウ》され、噎《む》せかへるこの世界は。　（人類の）知識なんて、片秀《かたほ》なものさ。いくつもの星が（もう）見えなくなつた。　この星も（さう）長くは（青く）輝かないだらう。　　天空に向いた（君の）眼を、大地に向けるのだ。今まさに、終りの始まりの時。　　いやに美しく見えないか？　無人の都市は。棄てられた田畑は。　　だから予言しておくのだ、滅亡《メツバウ》を。逃所《にげど》は（どこにも）無いのだと。　　神が請け合つても信じてはならない。（君の）未来を

Da Capo

小鳥を逐つて

森が（こんなに）深いとは！　　緋縅《ひをどし》
に鎧《よろ》へる君と、　　小鳥を逐つて
分け入つてみれば。　　森が（こん
なに）蒙《くら》いとは！　（心の）頻闇《しきやみ》よりも
冥《くら》い。　小鳥は（なほも）囀《さへづ》り
つづける。　聞耳《ききみみ》を立てる僕たちの
頭上《ヅジヤウ》で。　　枝から枝へと

移りゆく（その）聲は　悲歎《なげき》の色を帯び
てゐる。なぜなら、　緋縅《ひをどし》と見えた
のは（實は）返り血だからだ。　君は
還つたばかりなのか？　戰鬪《たたかひ》の
場《には》から。　異境《イキヤウ》から。　（または）過酷な
人生を遁《のが》れ來たところなのか？　聽《ゆる》
されぬ、沈默は。　誰《たれ》を殺
したのか？　君は。　青ざめた（その）顔は
どうだらう。　涙ぐむ（その）眼は
どうだ。　見ろよ！　僕だつ
て殺人者《サツジンシャ》だ。　心の飢餓《うゑ》に（いたく）苦しむ

者だ。　子を食《く》ひ親を食《は》む（傳說の）戰塵《いくさ》の民の末裔《すゑ》だ。　ほどなく天刑《テンケイ》が下るに違ひない、　僕に。　小鳥の聲に聽き惚れてゐる血まみれの君と僕とに。　森が（こんなに）薰《かを》るとは！　血や硝煙《セウエン》の嫌な臭《にほ》ひばかり嗅いで來た身には、（ほと　ほと）沁みる、（立ち籠める）森の香氣《かをり》が。　叫ばうか？　それとも泣くべきか？　兄弟のやうに、本物の兄弟のやうに擁《いだ》き合つて。　何と

まあ、　　　　面窶《おもやつ》れをしたことだ
らう！　君は。　　火のやうに熱い
體軀《からだ》も、（もはや）骨と皮だ、　麥藁の
香《か》に匂《にほ》ふ君の體軀《からだ》も。　　味爽《マイサウ》の
光が（かつて）兆した　　　君の
頬は、　今や（すつかり）塵《ちり》ばみ（無殘
にも）輝割《ひび》れてゐる。　　その頬に
涙が（皚《しろ》く）乾いてゐるが、　そんな
にも（激しく）泣いたのか？　ひとり
で、君は。　　　涙の跡に
唇を寄せれば、　鹹《しほから》さが（針のごと

くに）舌を刺す。　青春を（かくも）枯れ
凋ませたものは、何か？　小鳥
は（なほも）朗らかに　囀《さへづ》つて
ゐる。しかし、　人生は（あんなに）明る
くはない。　拷訊《ガウジン》に疲れ
果てた虜囚《リヨシウ》の夜《よる》よりも晦《くら》い、　僕たち
の人生は。　（時には）磊落《ライラク》に
笑つたりしたが、　それももう昔
の話だ。　苦悩《クナウ》は（そのまま
で）慰藉《ヰシヤ》となり、　希望《キバウ》は（今や）失はれ
て久しい。　僕たちは（それぞれの）血で

紡いだのだ、　人生を。　時を
歴《へ》ずして（そんな）人生は　忘れ去られ
るだらう。　（それでも）僕たちは
紡いだのだ、　人生を。　森が（こん
なに）静かだとは！　人類が滅
んだ後の世界は　（こんな風に）闃《しづ》かなの
だろうか？　その寂《しづ》かさに
際立つ小鳥の聲。　それも（もう）間遠《まどほ》に
なつた。　泣くがよい、今ここ
で、兄弟よ！　歎息《ためいき》を吐《つ》くのでは
なく、泣くのだ。　涙で濯《あら》ひ浄《きよ》

めるのだ、　涙の跡を。　そして
歌ふのだ。　君の人生を。　戰鬪《たたかひ》
を。　（とりわけ）誰《たれ》を殺したの
かを。　歌ふのだ。　愼み深く飾らな
い言葉で。　懷かしい訛《なまり》も往時《ワウジ》その
ままに。　（さらには）岩漿《ガンシヤウ》が
蓄《たくは》へゐるほどの熱をもて。　歌ふ
のだ。　厚顏《コウガン》の徒輩《トハイ》も聽けば
戰《をのの》くだらう、　それを。　異教《イケウ》の
戰士も頭《かうべ》を垂れるだらう、　耳に
挾めば。　（つひには）非情《ヒジヤウ》の

天も無數《ムスウ》の星を降らせるだらう、　　　君
に感じて。　　　　　小鳥は歌ひ
終へた。　今度は君が、他ならぬ君、血ま
みれの君が歌ふ番だ。　歌ふがよい、今ここ
で、兄弟よ！　　　　　　　語る
のではなく、歌ふのだ。　歌で祓《はら》ひ浄《きよ》
めるのだ、　苦い記憶を。　　　破棄
された履歴を。　　釁《ちぬ》られた困難な
行路《カウロ》を。　　君の（その）歌は、僕
が書き留《とど》めよう。　深い夜《よる》に、　　森
の深みで。　　（眞《ま》つ新《さら》な）黑葦《くろかは》の

手帖に、　星星の（眞《ま》つ青《さを》な）雫
もて。　往古《いにしへ》の詩人《うたびと》たちは
齋《い》告《の》つたものだ、　詩の神神に、　歌の
成就を。　僕も庶幾《こひねが》ふべき
だらう、　この事の（よく）成ること
を、　人智なぞは超えて在る（といふ）あの
力に。　君は感じないか？　その
力の滿ちる氣配を。　森が（こん
なに）搖らぐとは！　帆を張る船の
帆もさながらに、　森が（豐かに）風を
孕む。　森は僕たちを乘せて（まさ

に今）離陸するのだ、
宇宙《ウチウ》へと。
君よ！　兄弟よ！

暁闇《ゲウアン》の
緋縅《ひをどし》に鎧《よろ》へる
僕たちの船出だ

単行本未収録連作短歌　II

単行本未収録の連作短歌の内、二〇一三年と二〇一四年に創作した作品二篇を纏めた。対を成しているとも考えられるこれら二篇の連作短歌は、本来は箇別に読まれるはずのものだが、今回著者が提示した組み方に従って、上段の「逃げ去る者を追つて」と下段の「素裸の詩人に」とを一首ずつ交互に読んでゆくことも可能である。著者としてはこの組み方を定本としたい。読者にはこの読み方を推奨しておく。「逃げ去る者を追つて」はインターネット上の詩誌「詩客」二〇一三年四月五日号（http://shiika.sakura.ne.jp/works/tanka/2013-04-05-14067.html）において、「素裸の詩人に」は同人誌「率」第六号（二〇一四年九月）において、それぞれ発表された。

逃げ去る者を追つて

素裸の詩人に

難民《ナンミン》の列に我《われ》から加はりぬ。立入禁止區域《オフリミッツ》の（西の）外《はづ》れで

野育ちの（初心《うぶ》な）詩人を頌《たた》へよう。地下墓所《カタコンベ》めく書庫の小隅《こすみ》で

今ぞ問ふ。（若干《そこばく》の）冀望《キバウ》はあるか？　流浪《ルラウ》の民が辿る荒野《クワウヤ》に

嘲笑《あざわら》ふ衆愚を、嗤《わら》ふ。韻律も新奇な詩《うた》を（ひとり）吟じて

道程《みちのり》は餘りに遠い。放浪《ハウラウ》に（意味無く）憧《あくが》るる騷士《サウシ》には
内緒だぜ！　若い詩人を（先達《センダツ》て）末期《マツゴ》養子《ヤウシ》に迎へたことは
天惠《テンケイ》を期すべきか？　妻孥《サイド》も友も打ち棄てて征《ゆ》く（未知の）旅路《たびぢ》に
繰《く》り出《いだ》す新たな詞藻《シサウ》。ふんだんに（君には）それがある、と羨む
神からも自由《ジイウ》でなくちや！　逼《せま》り來る（背後の）暗雲《アンウン》は氣になるが
詩を擇《えら》ぶなら要《い》るはずだ。雌伏《シフク》して（そのまま）雄飛《イウヒ》しない覺悟が
頭巾《ターバン》のかはりに繃帶《ガーゼ》。桂冠《ローレル》のかはりに（赤錆びた）鐵兜《ヘルメット》
詩人には若者がなる。桂冠《ケイクワン》も（勲位《クンキ》も）老いの德分《トクブン》として

逃亡《タウバウ》を擇《えら》ぶ。殘留《ザンリウ》することは、詩だ！　と（誰《たれ》かが）道《い》つたにしても
襲ひ來る（幽《かす》かな）眩暈《めまひ》。詩を書いた初めての日の乃公《おれ》を想へば

見も知らぬ地に張る。やけに鮮《あざ》らけき（無數《ムスウ》の）膽礬《タンバ》色《いろ》の天幕《テント》を
燭架《シヨクカ》から火を移すべし。あまりにも巧緻《カウチ》な（後進の）詩稿《シカウ》には

風塵《フウヂン》に咽《むせ》びつつ問ふ。青山《セイザン》は（何處《どこ》にでも）あるつて、本當《ホンタウ》か？
白晝《ハクチウ》の夢か？　大學圖書館の裏に（書を焚く）烟《けむり》があがる

城塞《ジヤウサイ》も崩《くづ》れて終《つひ》に巉巖《ザンガン》となる。棄てて來た（彼《あ》の）邑《まち》だつて
誘蛾燈《イウガトウ》の下に言葉が落ちてゐる。（夭折の）詩人の刺《シ》とともに

落人《おちうど》と蔑《さげし》まれても（疾《と》く）逃げよ！　陰雨《インウ》降り止まざる低地《くぼち》から
鉛筆の書込みがある（詩の）餘白。そこから先を讀み流せない
快門《シャッター》を切りまくる。都門《トモン》を出でて山へと走る（其《そ》の）道すがら
迸る己《おの》が血で火を點ぜよと言ふのか？　過去の（矔《や》せた）詩稿に
肩掛《ストール》が、路傍《みちばた》に。花咲く乙女《をとめ》（たちの誰《たれ》か）が落して行つた
本を焚き詩人を燒いてしまつたら、爽やかだらう。（都市《まち》の）明日《あした》も
厄災《ヤクサイ》を（豫《かね》て）詠《うた》つておくことを、愧《は》づ。春を賣る少女の部屋で
駈步《ギャロップ》で馬を驅るのは（、）若者か？　息急《いきせ》き切つて詩を作るのも

箴言《シンゲン》は（たつた）ひとつだ。塵《ちり》の世《よ》を遁《のが》るる者を譴《せ》めてはならぬ
膨《ふく》よかな（詩神《ムーサ》の）胸に熟睡《うまい》する青年。その寝姿こそが、詩

拂曉《フツゲウ》を焦《じ》れながら待つ。昨日《きのふ》ほど傷を（心が）負つた日は無い
少年は詩と交はつた。長殤《チヤウシヤウ》の叔父が暮らした（裏の）小部屋で

回顧《かへりみ》て鹽《しほ》となれかし！　騰上《たちのぼ》る（邑《まち》の）烟霧《けむり》が氣になるのなら
詩だらうか？　それとも生《セイ》か。秋の夜《よ》の長きに（君が）溢《こぼ》したものは

流亡《リウバウ》は何時《いつ》まで續く？　此《こ》の星が死の星となる日まで（！）ずうつと
後衛《コウヱイ》に老兵は死ぬ。前衛《ゼンヱイ》に（素裸《すはだか》の）詩人が躍り出る

逃げたつて（結句《ケック》死ぬなら）徒《むだ》なのか？　今ぞ問ふ。神ならぬ何かに
　　　黒闇《コクアン》の大地に立ちて（鎧はずに）ゐること。新しい詩を紡ぐこと
熟れ過ぎた（一顆《クワ》の）星が、墜《お》ちむとす。銀河系宇宙《ウチウ》の下枝《しづえ》から
　　　若者の詩に打《う》たれたら、立ち去らう。煉獄篇（三十歌《サンジツカ》）を眞似《まね》て

単行本未収録連作短歌　III

単行本未収録の連作短歌の内、二〇一三年と二〇一四年に創作した作品二篇を纏めた。どちらの作品も、エピグラフに掲げた長句二句（『冬の日』所収の歌仙「炭賣の巻」初裏一一句目と名裏一句目＝一、七句目と三、一句目）と作者の俳号、短歌二首（一首目は『人生の視える場所』所収、二首目は『感幻樂』所収）と作者の姓名をそれぞれ詠み込んだ、しかし詠み込んだ位置も方法も異なる二重のacrosticである。十七世紀のふたりの俳人と二十世紀のふたりの歌人とに対する、一風変わったオマージュだと言ってもよい。俳諧および短歌という文藝に対する、リスペクトの表明だとも言えるだろう。「花に泣く」は二〇一三年九月二十五日に読書会「読む短歌・詠む短歌」（明治学院大学言語文化研究所）において朗読された後、「短歌研究」二〇一四年二月号に掲載された。「陰毛を刈る。馬を洗ふ」は二〇一四年九月二十四日の「読む短歌・詠む短歌」と二〇一四年十一月二十三日の朗読会「マラソンリーディング2014 withガルマンカフェ」（東京渋谷LAX）とにおいて朗読された。なお、著者の連作短歌がしばしばacrostic仕立てになっていることに、この際注意を喚起しておきたい。著者が仕組んだこれまでで最も華やかなacrosticは、『ローマで犬だつた』（書肆山田、二〇一三年）の中の一章「（雪月花）あるいは（intermezzi）」に見出すことができるだろう。『俳諧七部集』を構成する各撰集から一巻ずつ撰んだ歌仙の、作者の重複していない初裏一一句目（花の定座）七句を用いた、全七連一一九首からなる連作短歌である。

花に泣く

はなに泣櫻の黴とすてにける　芭蕉
いがきして誰ともしらぬ人の像　荷兮

遙けくも烟《けぶ》れる丘を（さういへば久しく見ない）見て泣きなさい
何故《なにゆゑ》の躊躇《チウチヨ》。行くべき路はただひとつ（だけ）だと解つてゐるが
西風が吹きはらふ朝靄の（否《いな》！　逼《せま》る戰火《センクワ》の！）あはきむらさき
茄子紺に縅《をど》せる大鎧《よろひ》そのままに（花下《クワカ》）斃《たふ》れゐし（翠眉《スイビ》の）戰士《センシ》

草生《くさむ》せる（大廈《タイカ》の）廢址《ハイシ》。寵妾《チヨウセフ》の唇脂《シンシ》は（雛罌粟《ひなげし》に！）殘りゐて
先《さい》つころ破れし邦國《くに》の難民の、隊伍《タイゴ》。砂塵《サヂン》（ばかり）がつづいた
暮れて（また）徵《チヨウ》する戰士《センシ》。綠髮《リヨクハツ》は刈られ、火藥の香《か》には包まれ
洛西《ラクセイ》も（古時《コジ》には）戰地《センチ》。蟲《むし》の音《ね》に紛《まが》ふ（手負ひの）死士《シシ》の跫音《あしおと》
野茨《のいばら》の（白き）花にも（紅き）血が！　結句此の世は夢の如しも
書きながす、誄歌《ルイカ》。美美《ビビ》しき青年も（終《つひ》には）骨《ほね》になつて終《しま》ふし
微醉《ビスイ》して（漸《やうや》く）問ひぬ。僕等つて、天壽《テンジユ》を全《まつた》うし得《う》るのかしら
常闇《とこやみ》の（疆土《キヤウド》の）城砦《とりで》。其《そ》を護《まも》る戰士《センシ》は（花を戀ひては）泣きぬ

姿見に映せば生《セイ》は冥《くら》けれど、見よ！　花は（つれなく）咲き揃ひ

天に星、地に（咲き誇る）花櫻《はなざくら》！　詩家《シカ》に告ぐべし、驕《おご》る勿《なか》れと

肉身《ニクシン》は滅ぶ。種《シュ》も（また）亡びよう。月下《ゲッカ》（妖しく）薫る花の野

袈裟に斬られようか。復《また》も廻《めぐ》り來て四面《シメン》（皆《みな》）楚歌《ソカ》しゐる月の座

流《ル》に處されしままに死にし（傳説の）詩人出で來て泣く、夢幻能

墓の上に木《こ》の花《はな》が散る。何《いづ》れ己《な》が（深くも）築《つ》き籠《こ》めらるべき墓

世界中何處《どこ》だつて死地《シチ》。泣きながら（若者よ！）花咲く丘を征《ゆ》け

折からの嵐！　戰士《センシ》と呼ばれしが誰《だれ》だつたかは（誰《たれ》も）知るまい

陰毛を刈る。　　　　　　　　　　　馬を洗ふ

陰毛はなぜあるのかとあやしみきつやつやしきを夜半に刈りつつ　岡井　隆
馬を洗はば馬のたましひ冱ゆるまで人戀はば人あやむるこころ　塚本邦雄

陰雲に覆はれた日を無爲《ムヰ》に暮らしぬ。　　雄辯な詩人を友に
毛奴《やつこ》と罵る毋《なか》れ！　　　　邦盗と呼ばれたほどの男だ、奴《やつ》は
はつきりとしてゐる。　　本物は誰か、眞實の詩はどこにあるのか

なによりもまづ熱い血を灌《そそ》ぐのだ。　塚に築《つ》き籠《こ》められた者《もの》には
ぜぜくつてもつれた口振りを問ふな。　ろくでなしとは言ふな、尚更《なほさら》
あひしらひ濃《こま》やかならず。　このごろの若い詩人は、詩神《シシン》を前に
るつぼ爐《ロ》に詩魂《シコン》を溶かす。　これ切《ぎ》りにしよう、詞藻《シサウ》の錬金術は
のほほんと歌を詠みつつつひに老ゆ。　るりたては舞ひしきる暮春《ボシユン》に
かいしらべみる箏《サウ》の琴《こと》。　むくつけきあづま男も打ち泣かすべく
ときめかす小人《セウジン》の胸。　やんちやだと叱られたのは昨日《きのふ》のことだ
あくまでもさりげなく。　あばずれなどと呼ばれぬやうに頒《わか》つ眞心《まごころ》

やくざだとみづから爲《おも》ふ。
しほしほと時の人さへ泣きたまふとぞ。
みみつちいことで嘆くな。
きつぱりと斷《ことわ》つた。
つまり戀愛詩だね。
やはらづつ引き入れたまふ。
つるつるですべすべの紙。
やきもきとしながら待つた。

人間に生まれ、群小《グンセウ》詩人となつて
ばかさわぎ爲盡《しつく》して後《のち》
はらいせに力いつぱい閉ぢる詞華集《シクワシフ》
戀する者の戀ゆゑの膝詰め談判《ダンパン》は
人望を集めるために詩人が書くべきは
ででむしの裳裾のごとく、歌の下地《したぢ》を
まやかすにあらねどそこに書く他人《タニン》の詩
るりびたき鳴きつつ山を下《くだ》り來《く》る日を

しざり馬《うま》しづかに足掻《あが》く。
きこしめす菊の下水《したみづ》。
をとこ御子《みこ》生まれたまひぬ。
夜よるの御座《おまし》のみだれ。
半疊を打つ勿《なか》れ！
にんまりと今したたらう？
刈りに刈る死神《しにがみ》の鎌。
りうとした擧措《キヨソ》だ。

ゆくりなく行きあひし故士《コシユウ》をまへにして
冱えわたる月下《ゲツカ》、愛馬の鬣《たてがみ》なびく
ひとり聞くその報知《しらせ》、下腹《したはら》にとどろく
しどけなき寝くたれ髪を誰《た》が梳いたやら
また陰毛を刈つて戰士《センシ》となる者ひとり
たわいないひと言が暴力主義者《テロリスト》を煽《あふ》る
のつけから負戰《まけいくさ》だと知つて戰へ
馬手には轡鞚《くつわづら》、衣嚢《かくし》には讀《よ》み止《さ》しの聖典《クラーン》

つかつかと歩み寄り打ち据ゑた、とか。　ばさと鳴る月夜の古傘《ふるがさ》で
つぶつぶと胸も鳴る。　はらはらと舞ひ散り敷く人間《ひと》の手足《シュソク》を見れば
岡ぶらで行かうか、いつそ敵地《テキチ》へは。　洗禮を夕暮《セキボ》に受けてから
井戸水に口を漱《すす》ぎぬ。　をかしやかなる漆黒《シツコク》の馬も冷しぬ
隆冬に詩人も陰毛を刈つた。　馬上に出で立つて死ぬために

単行本未収録連作短歌　Ⅳ

単行本未収録の連作短歌の内、文字通り三号雑誌として終った同人誌「円卓」の創刊号（一九九二年五月）と第三号（一九九三年十月）とに掲載されたまま打ち棄てられていた二作品を纏めた。そうなったのは両作品の詠み口が、「円卓」が結成当初から内包していた一種の脆弱性に色濃く染まっていると判断したからだったと記憶する。今回せめてもの策として、組み方に若干の手入れを行った。オウィディウス『変身物語』（*Metamorphoses*）第一三巻にあるグラウコスの言葉を引用した198頁1首目はその際に追加した新作である。この短歌については『逸げて來る羔羊』（書肆山田、りぶるどるしおる81、二〇一六年）所収の連作短歌「人類かぼちや化計畫」を参照されたい。因みに、「夏の夜——二つの二重唱」における「少年給仕と詩客の唄」のエピグラフは、『西東詩集』（*West-östlicher Divan*）所収の「酌人の書」（Saki Nameh — Das Schenkenbuch）の内「夏の夜」第九連、「酒屋男と水夫の唄」のエピグラフは、詩集『思ひ出』所収の「柳河風俗詩」の内「酒の黴」第一四連の後半二行である。前者は本書ではインゼル社版一巻本全詩集（二〇〇七年）における綴字法に従った。「エレファント亭で／つぶやくやうに歌はれた／とりとめのない／夜の歌」のエピグラフは、『十二夜、または御意のままに』（*Twelfth Night, or What You Will*）第三幕第三場におけるアントーニオの台詞から。本書ではファースト・フォリオに準拠した綴字法で表記してある。

夏の夜　――二つの二重唱

i　少年給仕と詩客の唄

Und da wird es Mitternacht seyn,
Wo du oft zu früh ermunterst,
Und dann wird es eine Pracht seyn,
Wenn das All mit mir bewunderst.
—Johann Wolfgang Goethe, *Sommernacht*

火と燃ゆる酒を賜《た》べ　わが酔ひ痴れしうへにも酔ひてみたき夏の夜《よ》

酒を持ちきたりてそつと客の手に触れてかへりぬ　夏の給仕は
花栗の香のうつり香や　そも何を少年たれに教へられたる
目に沁むる煙　春売る少年がまづ乞ふ赤き箱の洋モク
神のごと酔ふとはいかに　神のごと今宵われらは結ばれなむか
少年の裸の腹にわが耳をつけて聴く　かくさやげる生命《いのち》
酒はわが咽喉《のみど》を灼くがごとくにてしかもわが言ふ　――なべて愛《うるは》し
美しき夢とや？　夏の夜《よ》は明けて今朝ははや光の蟬しぐれ

ii　酒屋男と水夫の唄

おのがつくるかなしみに
囚《と》られて泣くや、わかうど。
——北原白秋「酒の黴」

たえだえのされどするどき歌声や誰《た》がわたる夕ぐれの堀割

まつたけき静寂《しじま》ならねどゆるやかに暮れゆく造酒屋《つくりざかや》の家並《やなみ》

楫を取る男の上膊《うで》の皓さより、知らるる　今宵こそ星月夜《ほしづきよ》

艫綱を投ぐるや若き水夫《かこ》を追ふ水脈《みを》より生《あ》るるごとき星空
舟人《ふなびと》は陸《くが》に立てどもその肌膚《はだへ》かすかに海の香ににほひける
酒蔵にあふるる酒の香にむせぶ酒屋男《さかやをとこ》にかくし児《ご》、ありや
両切りの煙草にいまぞ火を点くる男　罪つくりの面がまへ
鳩胸の水夫《かこ》が腹がけ　母が縫ひ、藍褪するまで姉が洗へる
若くして寂しき心いまだかつて肉親のほか恋ひしことなし
真直《ますぐ》なる背筋と眉と　姉はなほかたくなに嫁ぐを拒みをり
舟人《ふなびと》にいかなる夢のあるべきや　三日かへらぬ切り岸の家

誰《た》がかもす酒とは問ふな　独り身の酒屋男《さかやをとこ》にある前科あり

闇につと立つたる男　暴力は秘めてなほ仄かにかをるなり

今宵咲く花は何？　水惑星の水の辺《へ》に星、降りしがごとし

星に酔ひものの匂ひに酔ふごとく今宵かすかにゆらぐ片町

人の生《よ》のはかりがたさや夏の夜《よる》あゆみよるある男、と、男

闇を出でて水に落ちつつひとすぢの螢は風と交はりにけり

新しき罪を照らさむ料《れう》として深更《よふけ》しづかに月　のぼりくる

青みゆく月下水夫《すいふ》の死のごとき眠り　月にも海はあるとぞ

身にそはぬ心のいたみ　払暁《あかつき》の水に投げ込まれし煙草あり
悔恨の棹さしそめよ若くして水夫《かこ》は今朝孤《ひと》りでめざめたり
明けてなほしばし静けき片町にかをるは月の皓さなりけり

エレファント亭で
つぶやくやうに歌はれた
とりとめのない
夜の歌

In the South Suburbes at the Elephant
Is beft to lodge : I will befpeake our dyet,
Whiles you beguile the time, and feed your knowledge
With viewing of the Towne, there fhall you haue me.
—William Shakespeare, *Twelfe Night, or, What you will.*

男待つ男のあはれ日は暮れて町のはづれのエレファント亭

みづからをみづから歌ふ歌人《うたびと》の性《さが》さかしらの月も出でたり

鐘の鳴るキエフに此処《ここ》は遠けれど心の果てについて語らふ

かぞへてもかぞへてもなほ冬の星殖《ふ》えて汝《な》が着脹れの肩幅

生《う》み出《いだ》すことこそ不幸それだのに恋人たりし人が子を生《な》す

人生もまた薔薇色に染まり得るや白衣《はくい》の肉屋肉をさばける

少年と呼ぶにはきみの背の高さ　なほ魂はみどりなれども

死者もまた少年にして　鎮魂弥撒曲《レクイエム》の少年合唱団、合唱す

蛇苺はた夏あざみ　朝ぼらけの庭に来て啼く鳥なにを啄《く》ふ

冷されて馬はゐにけり　夕暮《ゆふぐれ》にわれを苛《さきな》むさまざまの飢餓《うゑ》

夏祭、あした果てむか　腹がけの若者《わかもの》愚者《ぐしゃ》にして賢者《けんじゃ》なる

野ずまふの力士の若さ　魂、と呼ぶには度を越して裸にて

ボクサーが胸にすりこむ柑橘油《シトラス》のかをりあまりに苦き夕闇《ゆふやみ》

肉慾はやうやくあはくなりゆきて健次忌のあくる日の秋風

燐寸《マッチ》擦れども擦れども点かずその昔この沖合に海戦ありき

——汝《なんぢ》、海よ！　と、わが喚《よ》ばふとき
天の河は音たてて沈みゆくごとし

銀漢を追つて身を投ぐ ―― repetenda

numquam terra, vale! と、喊《さけ》んで
紫の菊朽ちやすしみづからを指して戦後の子とは言はねど

伶人に妻子なしとぞほのかにも夜な夜なかをりくる花縮砂《はなしゆくしや》

雪白《せつぱく》の萩散り果てぬ　恋といふ言葉は身に沁むる言葉にて

一寸《イッスン》の相思《サウシ》たちまち一寸《イッスン》の灰となるべく　わが、恋、畢《をは》る

裏庭はコスモスだらけ　新任の教師鰥夫《やもを》にして子がひとり

風邪の児の為に葛湯を溶くといへど父は守旧派詩人に非ず

木菟《みみづく》の片目めしひてゐたりけり　動物園にみぞれ降る日に

心さへはや霜枯れてひとりモノクロームの墓原を訪《と》ふかも

閉ざされし山は雪なれ　ゆふつかたひとり磨《す》る到来の青墨《あをずみ》

人を殺す人もあるべき雪の夜《よ》に一途《いちづ》に墨を磨《す》りてゐたりき

口切の茶の一口目、二口目、ものみなうごきいだす三口目

水底《みなそこ》に都はありや？　見も知らぬ人に呼びとめらるる黄昏《たそがれ》

尾能《きりのう》もことなく果てて玻璃碗《はりわん》に今宵色なき水、汲まれたり

一房《ひとふさ》の黒き葡萄を前にして思ふ　静けき死、のごときもの

深更《しんかう》になほ聞えゐるし幽《かす》かなる歌声　待ち人は来到《きた》りしや？

単行本未収録長歌

朗読会「朗読する歌人たち」（岡井隆主宰、朝日カルチャーセンター・横浜、二〇〇一年三月三十一日）において発表した、それぞれ異なる趣を持つ長歌二首を纏めた。一首目の題材は、朗読会の半月ほど前の三月十二日にアフガニスタンで強行され、その半年後の九月十一日にアメリカ合衆国で同時多発的に引き起された惨劇の予兆ともなった、あの蛮行である。二首目に添えられたエピグラフは『ヴィヨン遺言詩集』（*Le Testament Villon*）の最後のバラッドの最終連。本書に収載するに当たって、二〇一四年に刊行されたプレイヤッド叢書版全集のテクスト（Jacqueline Cerquiglini-Toulet 校註）に依拠するものに差し替えた。

バーミアーンなる古《ふる》き大磨崖佛《だいまがいぶつ》の永久《とことは》に失《うしな》はれしと聞《き》きて哀《かな》しび傷《いた》みて作《つく》る歌《うた》一首　幷に短歌

足痛《あしひ》きのヒンドゥークシュの　西《にし》の際涯《はたて》梵衍那《ぼんえんな》なる　其《そ》の上《かみ》の三藏法師《さんざうほつし》　玄奘《げんじやう》も見《み》しと傳《つた》へし　名《な》にし負《お》ふ大《おほ》き石佛《せきぶつ》　愛《うるは》しき古《ふる》き磨崖佛《まがいぶつ》　ムスリムの原理《げんり》主義者《しゆぎしや》の　蒙《くら》くして程度《ほど》を知《し》らざる　手《て》によりて毀《こぼ》たれしとぞ　復《ふく》すべき術《すべ》もなしとぞ　聞《き》くをだに悍《おぞま》しきかも　語《かた》るだに悪《にく》むべきかも　然《さ》れど彼《か》の國《くに》と民《たみ》とを　荒《すさ》ませし原因《もとゐ》を問《と》へば　列強《れつきやう》の干渉《かんせふ》は絶《た》えず　南《なん》北《ぼく》の格差《かくさ》も在《あ》りぬ　とは言《い》へどなほ傷《いた》ましく　哀《かな》しびに堪《た》へ得《え》ぬことぞ　人類《ひとみな》の二度《にど》と得難《えがた》き　寶物《たから》は失《うしな》はれ果《は》て　古人《ふるひと》の此處《ここ》に凝《こご》れる　眞心《こころ》も劈裂《ひきさ》かれつつ　新《あたら》しき世紀《せいき》の肇始《はじめ》　平《たひ》

らけく和《な》ぐべき時《とき》に　斯《か》く人間《ひと》の不寛容《ふくわんよう》なるこそ轉《うた》てけれ

反歌三首

毀《こぼ》たれし歴史《れきし》の遺跡《あと》や不寛容《ふくわんよう》なほ世《よ》に滿《み》てることを哀《かな》しぶ
グリフィスの *Intolerance* を觀《み》し日《ひ》より人類《ひと》そのものを憎惡《にく》み初《そ》めにき
不寛容《ふくわんよう》ゆゑに失《う》せゆくもの多《おほ》し不滅《ふめつ》を冀《ねが》ふにはあらざれど

みづからの死を（あらかじめ）慟《かな》しび傷《いた》み（かつは嘲笑《あざわら》ひ）て作る歌一首　幷に短歌

Prince, gent comme esmerillon,
Saichiez qu'il fist au departir :
Ung traict but de vin morillon,
Quant de ce monde voult partir.
—François Villon, *Le Testament Villon*

紅き（血の凝《こご》れるごとく紅き）酒や薔薇色に（幽《かそ》けき音を立てながら）泡立てる酒をこの墓《はか》
碑《いし》に（生きながら（すでに）墓碑《はかいし》たりし者に）（涙ながらに）灌《そそ》ぐ者に幸《さち》あれかしと（葡萄酒

に（古式ゆかしく）牛の乳《ち》を混ぜて（波打つ（一房の）髪を添へつつ）灌《そそ》ぐ者に幸《さち》あれかしと）祈りつつ（笑みつつつ）果てし（独身《ひとりみ》の）男は（不遜にも）みづからを（黄金《わうごん》の月桂《ローレル》を髪に飾りし詩人たちの末《すゑ》の裔《すゑ》なる）（無頼なる）詩人と称し（世に容れられしか（否か）は知らず）珍《めづら》奇しき（新《あた》奇しき）（かつまた難《かた》解んず）歌を（ひたすらに）うたひつつひたすらに酒と恋と（恋と）に日を暮らし時を送りて（無慚《むざん》やな）末期《まつご》には一盞の酒を（薔薇色に泡立てる酒を）（往《い》にし方《へ》の賢《さか》しき人の（毒酒《どくしゅ》もて）せしごとく）つと呷《あふ》りたちまち死すと聞くさへも愚かしけれど（嘲笑《あざわら》ふべけれど）とりあへず（わがことなれば）（おもぶるに）慟《かな》しび哭《な》きてしかも彼《か》の（十五世紀の）巴里《パリ》の（闇黒《あんこく》の）詩人の名も高き例《ためし》に（不遜にも）倣《なら》ひ（拙けれども）みづからがうたひし（長き）歌を（血の凝《こご》れるごとき）紅き酒に代へてこの墓碑《はかいし》に（肉体といふ墓碑《はかいし》に）灌《そそ》ぐかも！

反歌三首

詩人とは？　生の汀《みぎは》に立ちながら（己《おの》がでに）死をうたふ者とぞ

その上《かみ》の悪漢詩人みづからの詩を（見よ！　一巻《いつくわん》の）遺書となす

灌頂を美酒もてなさば現身《うつしみ》は（即《すなは》ち）墓碑《ぼひ》。と、言はば言ふべし

歌論

二十一世紀初頭に発表した短歌に関する論攷から二篇を撰んだ。註および初出データは各論攷の末尾に附してある。本書編輯時点での諸状況に配慮し、特に註に多く点竄および塡足を施し、歌人および短歌に関聯する人物名には、本文においても註においても新たに生没年を附記した。どちらの論攷にもアドルノの言葉が引用されているのが、今となっては微笑ましい。願わくは著者のシステマティックな歌論「現代詩としての短歌」全一〇章を含む『現代詩としての短歌』（書肆山田、りぶるどるしおる31、一九九九年）を併せ読まれんことを。

定型という城壁　――その破壊と再生

i

短歌は詩である。特殊なフォームで書かれてはいるが、詩であることは間違いない。もちろん本質的に詩とは呼べないような短歌もあり得るだろうが、それはすなわち短歌でもないということになるはずだ。短歌は詩の一形態なのであり、歌人は詩人でもあるのだから。

と、こんな当り前のことをわざわざ書かなければならないのは、正直情けないことだ。だが、どうやら多くの歌人たちが未だに、短歌を詩とは大きく異なるなにものかだと考えているらしい。今日一般的な意味合いで〈詩〉と呼ばれているものと短歌との差異は、その詩型、および詩型が担う歴史のみであるはずだ。ところが多くの歌人たちが、彼等を取り巻く彼等だけの特殊な社会に閉じ籠り、その社会の特殊性を短歌という文学形式の特殊性だと信じて疑わずにいる。古典藝能における家元制度が敷衍されたものと考えることの可能な、したがって極めて日本的な組織でもある短歌結社、およびそういった結社の集合体である歌壇と呼ばれる社会は、短歌という文学とは本質的には関係がない、特殊なものなのである。

極論かも知れないが、文学的にはほとんど意味がないそのような特殊性は唾棄されるべきだ。さらに言えば、詩型が担う歴史も確かに重要だが、現時点で書かれ発表される作品にとってはそれもまた二次的な特殊性に過ぎない。したがって短歌をいわゆる〈詩〉と区別するものはたったひとつ、ほかならぬその詩型のみだと確認しておくべきなのである。

ここで、短歌ではなく〈詩〉を引用しておきたい。田村隆一（一九二三―一九九八）の、四連八行からなる短い詩「詩神」[1]の前半二連である。

茂吉の*poesie*の神さまは
浅草の観音さまと鰻《うなぎ》の蒲焼

かれには定型という城壁があったから
雷門《かみなりもん》へ行きさえすればよかった

これほどまでに簡潔に、短歌とは何か、定型詩とは何かを言い切った言葉は稀だろう。齋藤茂吉（一八八八二―一九五三）という近代歌人の代名詞と呼ばれても可笑しくはない大歌人を軽妙な筆致で描きつつ、同時に歌人という種族一般、短歌という詩型一般の特性を喝破していると言えるのではないか。そう、歌人はその拠って立つ詩型、古体の定型である短歌という詩型によってこそ一般の詩人と区別されるのだ。歌人にとって定型とは、つまりは堅固な城壁だったのである。

歌人は、定型という城壁に守られ、定型という城壁に拠って闘う詩人なのだ。もとよりその闘いは、齋藤茂吉ほどの歌人にとってさえ、田村隆一が憶測したようには容易なものではなかったはずなのだが、ともかく歌人には、定型という城壁があったのである。

しかしながら城壁は、それが城壁である以上いずれは打ち壊される運命にある。時間の経過に起因する老朽化や外部からの攻撃などによってばかりではなく、内的な要因によってさえも、その城壁は破壊される。だが、破壊されてもなお執拗に修復され再生される城壁もあるはずだ。短歌という定型は、まさにそのような城壁だったのではないか。それも、外的な力によって破壊される前にみずからを率先して破壊し、より強固な城壁として再生する、ということを繰り返す、類稀な城壁だったのではないか。さまざまな危機を掻い潜りながらも短歌が今日まで生き延びることができたのは、まさに短歌がそういう定型によって守られていたからに違いないのである。

ここ百年余りの間に短歌が遭遇した特に大きなふたつの危機について考えてみよう。十九世紀末から二十《にじっ》世紀の初頭にかけて西洋から移入されたいわゆる〈詩〉は、それまで知識層を中心に親しまれてきた漢詩の伝統があったからこそ一層、と私は考えるのだが、[2]大いに世に行われ、その結果、古体の定型詩である短歌は旧時代の遺物として等閑視されることになった。正岡子規（一八六七―一九〇二）や與謝野寛（一八七三―一九三五）の和歌革新の運動は、そのような危機において、当時はまだ和歌と呼ばれるのが一般的であった短歌を、内容ばかりではなく詩型そのものについてまで時代に適応したものに再生しようとする試みだったと捉えるべきなのである。再生しようとするからには、規模の大小はあってもまず破壊が行われたはずで、それは、彼等の残した作品が従来の和歌といかに異なったものであったかを見れば明らかだ。当時の革新的歌集を代表する與謝野晶子（一八七八―一九四二）の『みだれ髪』（東京新詩社・伊藤文友館、一九〇一年）は、時の文壇・歌壇からは道徳的にまず批判されたわけだが、今日の眼から見ればむしろ、自在過ぎるほどの独自な語法による定型の小気味好い破壊ぶりの方が印象的なのである。

第二次世界大戦の敗戦後に澎湃として起った短歌排斥の声[3]に対しても、当時の心ある、と言うよりは方法意識においても伎倆においても有能だった歌人たちは、規模の大小はあれ、みずからその詩型を破壊し再生することによって応えたのだと言っておこう。「第二藝術」とか「奴隷の韻律」とかいった悪罵をまともに受けた世代の歌人たちの努力は確かに小さくなかったが、この場合は彼等に続いたより若い歌人たちの業績が大きかったとも言える。塚本邦雄（一九二〇―二〇〇五）や岡井隆（一九二八―　）、寺山修司（一九三五―一九八三）といった歌人たち[4]がいかに見事に定型という城壁を破壊し、しかも見事に再生したか、多言は必要ないはずだ。短歌における定型という城壁は、それが破壊され再生され続けてきたからこそ、田村隆一を羨ましがらせるほどに堅固なものとなったと言えるのである。

ii

定型を破壊する。そう言うのは簡単だが、破壊し過ぎては再生することができなくなるということを忘れてはならない。礎石まで破壊してしまっては、城壁を再生することは不可能なのだ。たとえ新たな礎石の上に新たな城壁が築かれてもそれは、それまでのものとは全く別の城壁だと考えなければならないのである。

短歌という定型詩において、その城壁の礎石とは何か。最低限残されるべき詩型の土台とは何か。それはすなわち、一首の短歌が三十一前後の音節によって構成されているということだ。付け加えるならばその三十一前後の音節が、五音節＋七音節＋五音節＋七音節＋七音節という音数律を、顕在させている必要はないがともかくも内在させてはいるということだ。それ以外のすべての要素は、毀棄することが可能だと言ってもよいのではないか。

一例として塚本邦雄の、劃期的だったなどと評するさえ愚かな第一歌集『水葬物語』（メトード社、一九五一年）の巻頭を飾る名高い一首を、あらためて検討してみよう。

革命歌作詞家に凭りかかられてすこしづつ液化してゆくピアノ

ここにはかつて短歌に詠まれることのなかった類のシュルレアリスティックな幻想が言語化されているわけだが、それを可能にした技術的な革新性こそさらに注目されなければならないはずだ。句跨りや語割れ、字余りといった技巧は、今や珍しいものではない。一首のなかに五＋七＋五＋七＋七の基本的リズム（引用作品は四句目が八音の「字余り」になっている）と固有の新しいリズム（引用作品には五＋五＋七＋五＋十および五＋五＋七＋八＋七という複数のリズムが織り込まれていると考えられる）とが共存するポリリズム的な構造も、随分身近なものとなった。しかし半世紀以上も前にそれらをこれほど大胆に使用したということは、すなわち定型という城壁を大胆に破壊したということだったのではなかったろうか。以後この歌人は、まさに大胆に定型という城壁を破壊し続け、それを再生し続けることになった。しかもその城壁は、ここが重要なところだが、礎石まで破壊されることはなかったのだ。塚本邦雄の短歌は、それまで誰も読んだことがないほどに新しい詩であったが、同時に紛れもない短歌でもあり続けたのである。

しかし塚本邦雄のような勇敢な破壊者／再生者は、そう多く存在するわけではない。たとえば短歌史上空前のベストセラー、俵万智（一九六二―　）の『サラダ記念日』（河出書房新社、一九八七年）は、今日に続く口語短歌の盛行を決定的なものにした歌集だが、ここに収められた短歌が定型を大胆に破壊し再生しているかと問われれば、かなり疑問だと答えざるを得ない。俵万智は、口語を定型に乗せるのに巧みであり、先人たちが開拓してきた技法を使いこなして見事でもあったが、定型の破壊と再生という点ではさしたることをしなかったようにも思われる。現象としての「俵万智の出現」は劃期的だったが、その作品はそれまでの短歌の範疇からあまり出てはいなかったということだ。彼女に続く口語短歌の旗手たち、ライトヴァースとかニューウェイヴ（「ニューウェーブ」[5]と表記する方が一般的だろう）とか呼ばれながら旺盛に活動している歌人たちの多くも、定型という城壁の守りを緩やかな、悪くすれば手薄なものにしただけで、それを破壊し再生するまでには至っていないのではないか。

もう一つ問題なのは、彼等ライトな、時にはチープでさえある歌風の歌人たちの活躍に平行するように存在感を増している、守旧派[6]とでも呼ぶべき若手歌人たちである。ライトヴァースやニューウェイヴなど口語短歌の行き過ぎを修正し、技法的にも内容的にも一世代、二世代前の歌人たちの水準に立ち返ろうとする歌人たちだが、もちろん彼等は定型を破壊し再生しようなどとは夢想だにしていないはずだ。彼等の作品は多くが先人たちの作品の精巧なレプリカに過ぎないとさえ言えるが、それゆえに既成歌壇には受け入れられやすいし、彼等の張る論陣も、どちらかと言えば後ろ向きであるがゆえに却って正論に見えてしまう。したがって彼等の勢力は今後ますます増大するだろうが、しかし保守反動とも批判されるべきこれら守旧派の若手歌人たちには、そもそも定型という城壁を意識すらしない大多数の歌人たちともども、短歌という文学に新しいなにものかを加えることなどほとんど期待できないだろう。定型という城壁をみずから破壊し再生することによってこそ短歌は刷新されるのであって、旧来の城壁を後生大事に守るだけでは、その城壁はただいたずらに朽ちてゆくばかりだからである。

iii

定型という城壁を破壊し再生しようという意欲において、近年もっとも際立っている歌人は誰か。とりあえずここでは、老境に至ってなお意気盛んな岡井隆と、不思議な軽さが魅力的で若い読者の支持を拡大し、エピゴーネンを大量発生させている穂村弘（一九六二―　）とを挙げておきたい。[7]

岡井隆はその歌集『E／T』（書肆山田、りぶるどるしおる41、二〇〇一年）において、さまざまな実験の果てに、横組行分け表記の作品群[8]まで発表している。その中の数首を引用してみよう。

禁煙を
決意
した
らしい
友人
の
横顔
の
なか
を
騰《あが》る
夕鳰《ゆふにほ》

無論　さう　騎乗　する　位置　に　見る　もの　を　シーザー　も　見た　実朝　も　見た

あたらしき斎藤史歌集　風　の　なか　に　なに　かが　動く　帽子　かもしれない

半世紀にわたって最前衛に立ち、短歌という定型の城壁を破壊し再生し続けてきた歌人の、面目躍如といったところである。

穂村弘の歌集『手紙魔まみ、夏の引越し（ウサギ連れ）』（小学館、二〇〇一年）からも、巻頭の三首を引いておこう。口語短歌もここまで行けば、いささか舌足らずの感はあるものの、小気味好いほどラディカルに定型を破壊し再生させていると言えるのではないか。[9]

目覚めたら息まっしろで、これはもう、ほんかくてきよ、ほんかくてき
明け方に雪そっくりな虫が降り誰にも区別がつかないのです
恋人の恋人の恋人の恋人の恋人の恋人の死

技法的にも内容的にも、確かにフレッシュな短歌である。ここでは特に一首目の、読点の巧みな用い方と尾句（第五句）の効果的な字足らず、平仮名主体の仮名遣の面白さに注目しておきたい。

自作短歌をみずからその論攷に引用するのは大いに気が引けることではあるし、偃蹇の程が批難の的にされかねないが、私自身がどのように定型を破壊し再生しようとしているかという実例をここで挙げておくのも、意味の無いことではないはずだ。以下に引用するのは二〇〇二年一月にニューヨークの客窓で書き上げた全五四首からなる連作短歌「雲隠　光源氏のための挽歌」[10]（「ユリイカ」二〇〇二年二月号＝特集「光源氏幻想」）の、大きく五つの部分に分けられている内の最終部である。この連作短歌では、『源氏物語』とその主人公たちに言寄せて、二〇〇一年九月十一日の惨劇における死者たちが追悼されている。

大空を通ふまぼろし（飛行機が二機だつた、とか）には影がない

沈黙の都市《まち》に数多《あまた》の貼り紙が　――ああ！　いづ方にかおはしましぬる？
亡き御骸《から》をも見たてまつらむ、との冀求《ねがひ》……　肯《うべな》ふ。千年後の廃墟にて
物語にも書け、詩にも……。人類の（繰り返されて罷《や》まぬ）愚行は
幸運は子子孫孫に受け継がれ（遅遅鐘鼓《チチタルシヨウコ》！）たりは、しない、さ
片袖の薔薇《さうび》の灰を訝しむ。老いて死ぬより夭死が増し、か？
仄暗き光なりけり。雲隠したまふ君を「敗者」と呼ぶに
残されたものは影のみ。さう、それでよかつたのさ、と、頷く、べき、だ
死の伝承《つたへ》なきを愛《かな》しむ。真つ白なページは未来永劫つづき……
Schatten zu werfen, beide erwählt!　さうでなければならないのなら
廃墟には陽光あふれ……　ああ、なんと！　すべての人間《ニンゲン》に影がある
此の恨み絶ゆる期《キ》無し、と、思へども……　Il était grand temps . . .　さう、とも、言へる
浄められ、忘れられなむ。千年も（！）経つたら今日のすべての死者は……

長い引用になったのは、一首としての短歌の独立性を侵犯しているようにも見える連作性の強さを示したかったからだ。さらにここでは、句読点や記号の多用とそれによって指示される固有のリズム、日本語独自の便利なシステムである傍訓の活用、『源氏物語』をはじめとする複数のテクストからの引用の頻出とそれに

関連する外国語文の導入、文語と口語の混交などといったさまざまな事象を発見することができるはずだ。もとより、こういった私の試みこそが定型の破壊と再生の究竟の例であるなどと言うつもりは毛頭ない。しかしながら、ここに籠められた短歌革新の志だけは認めていただけるのではないだろうか。

iv

九月十一日のあの決定的な惨劇に世界中が震撼させられた二〇〇一年がまさに没後半世紀の記念すべき年に当たっていたアルノルト・シェーンベルク、難解な前衛音楽の先駆者どころか今や近現代クラシック音楽屈指の人気作曲家のひとりとなったアルノルト・シェーンベルクに関する文章[11]の中で、テオドール・W・アドルノは、「伝統は実験的だと批難された作品の中にこそ現に存在するのであって伝統主義的であろうと意図したものの中にではない」(Tradition ist gegenwärtig in den als experimentell gescholtenen Werken und nicht in den der eigenen Absicht nach traditionalistischen.) と書いている。この揚言は、短歌という文学においてもまた真理だと言わざるを得ない。

短歌は確かに古体の定型詩であり、伝統的な文学である。しかしその伝統は、伝統的であろうとする意図だけでは到底維持され得ない。短歌という詩の特性が定型という城壁の存在にあるとしたら、その城壁は旧いままいたずらに死守されるのではなく、歌人みずからの手によって、つまりさまざまな実験的行為によって、率先して破壊され再生される必要があるのだ。

ここで確認しておこう。日本語のいわゆる〈詩〉が手本としてきた西洋の詩が、実はさまざまな定型を持つものであったことを。それぞれの時代、それぞれの言語における偉大な詩人たちは、それぞれに多様な定型を創造し、破壊し、再生してきたのである。[12] 日本語の〈詩〉のように確乎とした定型を持たない詩は、むしろ特殊な例だと考えられるべきなのだ。詩と散文を峻別する第一の指標は、定型の有無なのである。

千年以上もの長い間ひとつの定型を、破壊と再生を繰り返しながら守り通した短歌は、世界的な基準からしても文字通り詩にほかならない。つまり歌人こそは、言葉本来の意味において詩人なのだ。歌人は、世界に対ってみずからを詩人だと宣言する権利を有しているのである。

1　詩集『新年の手紙』(青土社、一九七三年)所収。齋藤茂吉が鰻に目がなかったのは有名な話である。因みにこの詩の後半の二連は「ぼくの神経質な神は」と始まり、詩人本人の「不機嫌」な詩神を描写している。
2　十九世紀の世紀末頃までは高尚な文学ジャンルとして堅固に継承されていたと考えるべき漢詩の伝統がなければ、西洋的(オクシデンタル)という言葉は使わないでおこう)な〈詩〉があれほどまでに急速に、しかも深く、日本語に浸透することはなかったのではないか。もちろん、その時代には今日より遥かに広く親しまれていた日本語文学・藝能古来の各種の語り物・歌い物の伝統をも考慮しなければならないにしても、知識人の教養として格段に高い位置を占めていた漢詩の伝統が、新しい文学を創造しようという意欲を持つ知識階層が西洋的な〈詩〉を移入するに当たって、技法的にも精神的にも大いに役立ったと推測することは不可能ではない。現代歌人が古典和歌の作者たちの末裔であるとしたら、いわゆる現代詩人は漢詩の作者たちの後裔であると私は考えている。

3　敗戦直後の時期に歌壇外の文人たちによる論攷を契機として行われた攻撃。後出する「第二藝術」は仏文学者・評論家の桑原武夫（一九〇四―一九八八）が、「奴隷の韻律」は詩人の小野十三郎（一九〇三―一九九六）が用いて論議を呼んだタームである。その影響は、今日に到るも完全に払拭されたとは言えない。

4　短歌の再生を志向する先鋭な意欲で突出していた編集者の中井英夫（一九二二―一九九三）、杉山正樹（一九三三―二〇〇九）、冨士田元彦（一九三七―二〇〇九）等によって推輓され、世に謂う「前衛短歌運動」の旗手として時代を劃した歌人たちである。当時前衛的な作風を持つと考えられていた歌人には、葛原妙子（一九〇七―一九八五）、山中智恵子（一九二五―二〇〇六）、馬場あき子（一九二八―　）をはじめ駿才が多いが、「前衛短歌運動」と言えばまずはこの三人の男性歌人の名を挙げることになる。このことに関して附言するならば、近現代の短歌史はミソジニーの色濃い文学史であると言えるはずだ。次註で取り上げる「ニューウェーブ」のメンバーに、歌壇内の通念としては女性歌人が含まれないことに注意されたい。東直子（一九六三―　）のような「ニューウェーブ」と呼んで違和感のない特徴を持つ有力な女性歌人は少なくないにもかかわらず、そう呼ばれる女性歌人は短歌史的には存在しないことになっているのである。この問題については著者の歌論「現代詩としての短歌」の「Ⅷ　すべての歌人は〈女〉である」（『現代詩としての短歌』所収）をも参照されたい。

5　「ニューウェーブ」と呼ばれるこの系統の歌人を代表するとされているのは、本論攷で後述される穂村弘（註9参照）に加藤治郎（一九五九―　）と荻原裕幸（一九六二―　）を加えた三人の男性歌人であり、彼等三人を限定して「ニューウェーブ」と呼ぶこともある。この三人に共通して所縁の深い東海地方の中核都市・名古屋で二〇一八年六月に「現代短歌シンポジウム／ニューウェーブ30年「ニューウェーブは、何を企てたか」」という催しが行われたことから判る通り、「ニューウェーブ」と呼ばれる歌人たちはその運動が一九八八年頃に始まったと考えているようだ。この年の前後に彼等の第一歌集、加藤治郎『サニー・サイド・アップ』（雁書館、一九八七年）、荻原裕幸『青年霊歌―アドレッセンス・スピリッツ―』（書肆季節社、一九八八年）、穂村弘『シンジケート』（沖積舎、一九九〇年）が発表され、いずれも話題になっている。

6 「守旧派」という呼称が適当か否か（外来語を用いるのは避けたいところではあるが、コンサヴァティヴと呼ぶ方が当世風で解りやすいかも知れない）はともかく、本論攷執筆時にその手の書き手として著者が意識していたのは、水原紫苑（一九五九―　）や吉川宏志（一九六九―　）に代表される、二十世紀の優れた歌人たちの仕事をほとんどそのまま引き継ごうとし、その結果近現代短歌の秀作のレプリカを量産しているようにも見えてしまう歌人たちである。同じく「守旧派」の代表的歌人に数えられるべき大辻隆弘（一九六〇―　）と高島裕（一九六七―　）には、本書所収の論攷「心情の器、詩の器――二〇〇一年九月十一日以後の短歌」で触れた。もっとも水原紫苑は、同じ「守旧派」とは言っても「過激な守旧派（ラディカルなコンサヴァティヴ！）」とでも呼ぶべき先鋭的な作風を持っている。この歌人は近現代の短歌を飛び越して時代を遠く遡り、より古典的で技巧的な王朝和歌への接近を志向しているように見えるが、そこが現代では却ってラディカルに感ぜられるのだ。紀野恵（一九六五―　）等とともに水原紫苑が「新古典派」と呼ばれるもすることに、注意しておきたい。

7 今ならこの二人に、少なくとも斉藤斎藤（一九七二―　）の名は加えておきたいところである。

8 岡井隆による横組行分け表記の短歌の実験は、全頁横組で横長左開きの歌集『伊太利亜』（書肆山田、りぶるどしおる52、二〇〇四年）において集大成された。

9 『手紙魔まみ、夏の引越し（ウサギ連れ）』発表後も現在に到るまで（これは「ニューウェーブ」系の歌人に共通して言えることだが、特にこの歌人の場合）一向に作中主体が成長せず、少年のままであり続けているように見える。このチャイルディッシュな歌風は「永遠のモラトリアム短歌」とでも呼んで別途論じたいところだが、それはともかくエッセイストとして成功を収め、オピニオンリーダーないしインフルエンサーとして短歌の世界の趨勢を左右しさえする存在ともなった穂村弘と、その同世代、更にはそれに続く歌人たちの二十一世紀初頭における活躍には、確かに目覚しいものがある。彼等はインターネットおよびその関連技術の利用について積極的で、二十一世紀の短歌はこのファンクショナルなシステムを抜きには語れないことになった。彼等を「インターネット世代の歌人たち」と総括することも可能だろう。しかし彼等の、とりわけ若い層の作品を、全面的に肯定するのは著者には難しい。短歌を最終的に破壊し、再生するのではなく無に帰するダークサイドの勢力となり得るのは、よりイージーでチープでメカニカルになってゆくであろうこの世代の後裔たちなのかも知れない。

10　後年、『全人類が老いた夜』（写真＝普後均、書肆山田、りぶるどるしおる51、二〇〇四年）に収載された。佐藤紘彰によるその英訳 Hiding Behind the Clouds: Elegy for Genji the Shining Prince は、インターネット上の年刊詩誌 *Poetry Kanto 2014*（関東学院大学・関東ポエトリーセンター。http://poetrykanto.com/2014-issue）に発表されている。本書に転載した部分に関して解説を加えれば、ドイツ語の引用はリヒャルト・シュトラウスがフーゴー・フォン・ホーフマンスタールのリブレットに作曲したオペラ『影のない女』（*Die Frau ohne Schatten*）第三幕、影を得て人間になり懐胎する能力をも得た霊界の血を引く皇后と変身させられていた石から人間に戻った皇帝、および染物師バラクとその妻による四重唱の歌詞から。著者は二〇〇一年十二月から翌年一月に掛けてのNYC滞在時（もちろん到着後真っ先に駆け付けたのは、三箇月経っても余燼が燻り続けていたグラウンド・ゼロ、かつてのWTCだった！）にメトロポリタン・オペラでこの作品の新演出上演に接し、深い感銘を受けた。十二月十三日に初日を迎えたばかりだった印象的なプロダクションで、演出・美術・照明は二〇〇二年の春に急逝することになるヘルベルト・ヴェルニッケ、指揮はその名声を確乎たるものにしつつあったクリスティアン・ティーレマン、皇后をデボラ・ヴォイト、皇帝をトマス・モーザー、バラクをヴォルフガング・ブレンデル、その妻をガブリエレ・シュナウトが歌った。著者が観賞したのは二〇〇二年一月五日のマチネだったが、その時の感動がこの引用（幕間にホワイエで入手したブージー&ホークス社版のリブレットに拠る）を導いたわけである。12首目にあるフランス語は、引用らしく見えない（著者独自の言葉のように見える）かも知れないが、マルセル・プルーストの連作長篇小説『失われた時を求めて』（*À la recherche du temps perdu*）の最終巻『見出された時』（*Le Temps retrouvé*）の末尾近く、主人公がいよいよ念願の作品に着手すべき時だと自覚する部分から、著者は引用したつもりだった。連作全体には、創作用の資料としてNYCまで持参していた山岸徳平校注の岩波文庫版『源氏物語』全六冊からの引用が、誰の校訂になるテクストだったかは失念したがフォトコピーを懐中していた『長恨歌』からの引用も併せ、贅沢に鏤められている。因みにこの連作短歌「雲隠　光源氏のための挽歌」五四首は、「ユリイカ」二〇〇〇年十一月号（特集「三島由紀夫――30年後の新たな地平」）に発表されたあと『海の空虚』（不識書院、二〇〇一年。本書所収の『墓』註49参照）に収められた連作短歌「海の空虚　三島由紀夫の魂のために」五四首、「ユリイカ」二〇〇五年八月号に発表されたあとアレクサンドル・プーシキンの詩「預言者」（Пророк）にインスパイアされた書名を持つ『蛇の舌』（書肆山田、二〇〇七年）に収められた連作短歌「歌人《うたびと》に寄す　塚本邦雄の訃に接して」五四首と共に、事実上の三部作を構成している。初出誌が同じ「ユリイカ」であることはともかくとして、いずれの連作もその性格が挽歌的ないし誄歌的であるのと同時に、二首＋一三首＋一三首＋一三首＋一三首の五ブロック計五四首（この歌数は『源氏物語』の帖数よりむしろジョーカーを二枚含むプレイングカードの枚数に倣っている）の短歌からなり、各ブロックの間に四つに分かたれた長めの詞書が挿入されるという、同一の構造を持ってもいるからである。三作品をひとつに纏めての単行本化を庶幾しつつ、今は仮にこれを「墓碑銘《エピタフ》三部作」と呼ぶにとどめておきたい。

11　「アルノルト・シェーンベルク　一八七四―一九五一年」（Arnold Schönberg 1874–1951）と題された、一九五二年執筆の論攷。『プリズメン――文化批判と社会』（*Prismen. Kulturkritik und Gesellshaft*）に収められている。本書所収の『墓』註52をも参照されたい。

12　西洋の自由詩も散文詩も、詩人たちの果敢な営為から生み出された新しい「定型」だと考えられるのではないか。日本語で〈詩〉を書く詩人たちは、漢詩や語り物・歌い物の伝統に助けられながら、そのような西洋の詩の模倣から始めて、それを日本語の文学として定着させ深化させようとして来たのである。

初出＝「國文學」二〇〇二年六月号《特集・短歌の争点ノート》

心情の器、詩の器　——二〇〇一年九月十一日以後の短歌

i

二十一世紀は、「同時多発テロ」と日本語では呼び慣わされる二〇〇一年九月十一日のあの惨劇によって開始された。戦火が絶えることも貧困や飢餓の問題が解決されることもなかったのだから見掛け倒しのものであったことは間違いないが、ともかく表向きには何とか一応の平和と繁栄とを達成して終ったように見えた二《に》十《じっ》世紀の、その余韻に暢気に酔い痴れていた八箇月間の安逸は、あの悲劇の瞬間に脆くも、しかも完全に崩れ去ったのである。あの日、二十世紀は茫然自失の沈黙のうちに本当に終り、あの日、二十一世紀は苦痛の叫び声をあげながら本当に始まったのだ。

しかもあれから三年を経て、状況は好転するどころかさらに暗澹たるものになりつつある。[1] 始まったばかりの二十一世紀がいかに困難な状況に置かれているかは、今や言うまでもないことだ。詩を書く者も読む者

も、「このような困難な時代に果して詩は可能なのか?」と問わずにどうしていられよう。しかしながら二十世紀、困難を極めたあの時代においてさえ、詩は跡切れることなく書かれ、読み続けられたのだ。一九四九年に執筆された論攷「文化批判と社会」[2]（Kulturkritik und Gesellschaft）の中で一旦は「アウシュヴィッツのあとで詩を書くことは、野蛮だ」（Nach Auschwitz ein Gedicht zu schreiben, ist barbarisch.）と書いたテオドール・W・アドルノも、一九六六年刊の『否定弁証法』[3]（*Negative Dialektik*）の最終章においては「永遠につづく苦悩は、拷問にあっている者が泣き叫ぶ権利を持っているのと同じ程度には自己を表現する権利を持っている。その点では、「アウシュヴィッツのあとではもはや詩は書けない」というのは、誤りかもしれない」（Das perennierende Leiden hat soviel Recht auf Ausdruck wie der Gemarterte zu brüllen; darum mag falsch gewesen sein, nach Auschwitz ließe kein Gedicht mehr sich schreiben.）と書くことになったが、ともかく二十世紀において、明らかに詩は可能だったのである。二十一世紀にもなお詩は可能だと考えるのは、したがっておそらくは間違いではない。

むしろ詩は、あの惨劇を契機として新しい段階に進み得る／進むべきだと言えるのではないか。困難が世界規模で拡大し、人類全体が同一の危機に等しく直面していることが誰の目にも明らかな時代においては、言語の障壁が存在していてもなお、古来詩人が担ってきた役割、時代に警鐘を鳴らし時代に異議を唱えるという役割が、大きな意味を持つと考えられるからだ。詩人はすべからくあの惨劇を凝視し、そこを新たな出発点として詩を書く努力をすべきなのである。

幸いにも短歌は、さまざまな詩型の中でも際立って強く、容易に機会詩たり得るという特色を有している。連作という問題については別に考えることにして、ともかく短歌一首の短過ぎない短さが、俳句一句では表現しにくい現実に対する考察や意見を表現しやすくし、しかもそれを、より長い詩型の詩篇一篇で行うより遥かに簡単に行えるようにしていると考えられるからだ。機会詩の中にはいわゆる時事詠も含まれるわけだが、短歌は機会詩として機能することが明らかに多く、またその機能を求められてもいる詩型なのであって、歌人はあの惨劇をあらゆる詩人に先駆けて表現する辛い栄誉を担ったとも言えるのである。

実際、あの惨劇に取材した短歌は、すぐさま、しかも大量に出現した。その素早さと量の多さとは、他の詩型の詩の遠く及ばなかったところだろう。質的にも優れた作品が多かったと言える。短歌の二十一世紀もまた、二〇〇一年九月十一日の惨劇を契機に始まったと考えるべきなのである。

ii

そのような短歌の中で私が最も強い印象を受けた一首を引用しよう。大辻隆弘（一九六〇―　）の歌集『デプス』（砂子屋書房、二〇〇二年）に収められた連作短歌「紐育空爆之図」の第一首である。

紐育空爆之図の壮快よ、われらかく長くながく待ちゐきこの短歌を、一体どう評価したらよいのだろう。無辜の市民多数の命が理不尽かつ無惨に失われていることはＴＶの画面からさえ明らか過ぎるほど明らかだったにもかかわらず、このように歌い、あまっさえその短歌を肯定的なコンテクストで歌集に収めて恥じずにいる歌人は、人間としてはやはり忌避されるべきだ。しかし一首の短歌としてはこの作品は、少なくとも技術的にはよくできていると評価せざるを得ないのでもある。コンテンポラリー・アーティスト会田誠の世評も高い六曲一隻屏風《紐育空爆之図《にゅうようくくうばくのず》》（「戦争画RETURNS」シリーズ／襖、蝶番、日本経済新聞、ホログラムペーパーにプリント・アウトしたCGを白黒コピー、チャコールペン、水彩絵具、アクリル絵具、油性マーカー、事務用修正ホワイト、鉛筆、その他／零戦CG制作＝松橋睦生／一七四×三八二cm／一九九六年）のタイトルを引用したり一人称を複数[4]にしたりして狡猾に責任を回避しようとしている手際の鮮やかさを考慮の外に置いてもなお、これは技術的には優れた短歌なのだ。会田誠の名誉のために附言すれば、地獄絵風の火焔も鮮やかに炎上するマンハッタンはミッドタウンの鳥瞰図上空を光り輝く無数の零式戦闘機《ゼロ・ファイター》が∞のかたちを描いて飛び交うという図柄の彼の作品には、強烈な批評性は感じられても根元的な悪意は感じられない。[5]自分の作品名がこのように使われていることを知ったら、画家は大いに困惑するのではないだろうか。

　ともかくこの一首は、内容は悍しいが仕上りは見事な短歌だと言える。しかもそれは、内容は悍しく仕上りは見事な連作へと展開してゆくのだ。続きをさらに引用してみよう。

突つ込んでゆくとき声に神の名を呼びしか呼びて神は見えしか
ららら、と神をたたへて叫ぶとき白くそよげる女の舌は
殉教といはばざらつく純粋をさげすみ蔑《なみ》しわれらありにき

作者は完全にテロリストの側に立っている。したがって当然、アメリカに対する反感が強烈に表現されることになった。

戦争をしたくてならぬアメリカが真犯人を捏造したり
新しい戦争といふつやつやのことば陰惨をおほへるための

国家としてのアメリカに対する作者の反感は、市民に対する反感にまで拡張され、その一方で半世紀以上前の敗戦を根に持つ狭隘な国粋主義に到達してしまう。

アフガンよ東亜の辛くかつ永き恥辱とともに滅ぼされてよ
アビボー（unbelievable）と西洋女おらべるを反吐を見下ろすごとく見てゐつ

したがって作者は、現実の悲惨を敢えて凝視しようとはしない。そう装っているだけなのかもしれないのだが、凝視し自ら考える能力を喪失しているとさえ見える。

崩落の映像のしたの陰惨はつひにわれらの覚識を襲はず

ここまでの引用で、連作短歌「紐育空爆之図」の内容の一種の犯罪性が、多彩なテクニックを駆使した技術的な優秀さとともに、理解できるはずだ。しかしながら、一二首からなるこの連作を全部引用しないと、立論に有利な部分のみを引用したという批難を作者からも受けかねない。異例なことかもしれないが、残りもすべて引用することにしよう。連作は次の二首で、しめやかに締め括られている。

肉片の混じる瓦礫をはこびゆく悲しみは、だが、信頼できる
鶏頭の影おもおもと庭に立ち逃ぐる場所なく殺さるるもの

しかしながらこれも技術的に見れば、作者の人間性を演出しようとするしたたかな計算の上に作られた短歌であり配置であると考えられなくはない。そうだとすればさらに一層、この連作短歌は見事な出来だと言えるのではないか。二十一世紀の短歌史の冒頭に屹立する特異な傑作、少なくとも問題作と呼んで、おそらくは差支えないと思う。二十一世紀の短歌史は、二十一世紀そのものがそうであるのと連動するかのように、人間が持つ暗黒面を極端なまでに強調して始まったということなのである。

iii

しかも大辻隆弘の「紐育空爆之図」は、必ずしも特殊な例だとばかりは言えないのだ。もちろん大方の歌人は、悪意などとは無関係にあの惨劇を詠み、多くの優れた成果を挙げている。その成果の数例を引用しておくことは、歌人全体の名誉のためにも有意義だろう。[6]

たとえば温厚で端正な歌風を高く評価されている栗木京子（一九五四―　）は、歌集『夏のうしろ』（短歌研究社、二〇〇三年）に収めた連作短歌「前に出ず」で、ここからは全部を引用はしないが、次のように歌っている。ちなみにこの連作の標題は、渡邊白泉の「玉音を理解せし者前に出よ」という俳句に拠るものだ。

わき腹を白く光らせいちまいの紙舞ふ…と見えて飛行機の燃ゆ
現実は永遠《とは》にリセットできぬゆゑビルは火を噴きやがて崩れぬ
薄紙を積み上げて成る都市なれどいのちはこしらへものにはあらず
眼光の、黒目の強さ痛きまで　ハイジャック犯の写真十九枚
前に出ず　歴史も法も宗教も戦《いくさ》も知らず立ちつくすのみ

ただごと歌を標榜する奥村晃作（一九三六―　）は、市民一般の感動や驚嘆を飾らない言葉で代弁する側面を持つ巷間の詩宗とでも呼ぶべき歌人だが、歌集『キケンの水位』（短歌研究社、二〇〇三年）中の連作短歌「キケンの水位」で、ナイーヴにさえ見える率直な感懐を次のように歌っている。

接近し　まごうことなき旅客機がビルの胸部に激突したり
宙《そら》に飛び散り行くが見ゆ　炎上の高層ビルの壁に沿う宙
オイ、キミら冗談じゃないぜ〈戦争〉が肯定されてタマルモンカよ
〈報復の連鎖〉即刻断つべしと無力の声も上げねばならぬ
アフガンの青年画面に発言す「ミンナ　トッテモ　悲シンデマス」

栗木京子も奥村晃作も、テロリストに与しないのは当然として、テロを受けた側にも冷静な視線を注ぎ、優れた機会詩、記憶されるべき時事詠を提出していると言えるだろう。

しかし大辻隆弘と相似た心情をその作品に籠めた歌人は、他にもいたのだった。その代表として、つまり技術的には優れた作品の例として、高島裕（一九六七―　）の歌集『嬬問ひ』（ながらみ書房、二〇〇二年）に収められた連作短歌「アルカイダ（9.12〜10.7）」の一部を引用しよう。

アメリカの朝に一閃ありといふ白膚《はくふ》の城は崩れ落つとふ
アジア、アジア、アジアを渡る月よ日よこの惨劇をわれはかなしまず
その朝に先立つ万の日日《にちにち》を念《おも》へよあかねさすアジアは狩場《かりば》
ヘロドトス遠く根深しかれらみなかくもやさしきアジアを悪《にく》む

テロリズム、言はるるごとく事実《まこと》ならわれは頌《たた》へむその壮《おほ》きなる詩《うた》を
学生《タリバン》を贄《にへ》となしゆく手筋見ゆ月こそ冴ゆれわれは仰がむ
巌《いはほ》なす世論の彼方まぼろしの基地《アルカイダ》見ゆ詩《うた》の基地《アルカイダ》

一九六〇年生れの大辻隆弘と一九六七年生れの高島裕は、ほぼ同世代に属する優れた中堅歌人[7]である。その二人が揃いも揃ってこのような悪意もあらわな短歌を、それもフィクショナルな文脈においてではなく作者固有の心情[8]を吐露したというかたちで書き、発表し、歌集に収録したという事実を、どう考えるべきだろうか。この世代にこういう心情を持つ者が増加していると言うだけで済ますことはできない。ここには、直叙するのに都合のよい短歌という詩型の特殊性が好ましからざるかたちで働いている、さらには短歌という詩型に対する大きな勘違いさえ存在すると思われるのだ。

iv

大辻隆弘は、連作短歌「紐育空爆之図」創作の心理を綴った論攷「失語状態を超えて」(「歌壇」二〇〇三年六月号)[9]の中で、「そのつどそのつど湧き起こってくる心情こそが、その瞬間の「真実」であるはずだ。短歌とは、そのような心情の誠に直接的に繋がる詩型である」と言う。そしてまた、「私が、一昨年の九月十一日に

感じたのは、確かに「壮快」だった。どのように弁疏の言葉を連ねようと、歌というものの本質的な機能によって、私は、その夜、自分の内面に潜むデモーニッシュな感情に直面させられてしまったのである」とも書く。彼の考えでは、短歌とは「「正しい認識」以前の、原初的な心情を掬いとり、それに形を与えるもの」、言い換えれば心情の器なのであって、その心情がたとえ犯罪的なものであっても、書かれた時点での真実なのだから、その心情も短歌も擁護されなければならないということなのだろう。

しかし、果してそうなのか？　この論攷で大辻隆弘が心情の誠を刻印した作品の好例として挙げている岡井隆（一九二八―　）の短歌を見てみよう。二重のタイトルを持った歌集『〈テロリズム〉以後の感想／草の雨』（砂子屋書房、二〇〇二年）は、その半分までもが、タイトル通り二〇〇一年九月十一日以後の感想で埋められている。まずは「2」と簡潔に名付けられた当該部分（書名とは前後した配列になっている）の冒頭に置かれた連作短歌「〈テロリズム〉以後の感想」から数首引用したい。岡井隆の作品では詞書が殊の外重要な役割を担っていることに、注意を喚起しておく。

　　歩み初めるところから撮る映像の宣伝色の強き輝き。
ビルの瓦礫を前にしおこるＵＳＡ、ＵＳＡの連呼、なんぞ羨《とも》しき
　　朝夕に太陽を拝む媼さへふところに熱き憎悪かくせり。
宗教を全《また》くはなれし民としてモスレムを野蠻とおもふあはれさ

ＬＩＣすなわち低強度紛争の群発に砂漠の民はなぜかかはるか。

信仰ふかくしかも最新の銃を持てりこのうつくしき矛盾　タリバン

青年は国に殉《したが》ふどの国のどの宗教を信ずる民も

はねおきてメモし続くるといふといへど今ではすべて遅すぎるのだ！

以下十五篇の連作短歌すべてが、規模の大小や対象との距離はさまざまだが、あの悲惨なテロルおよびその後の成行きに関連した作品で埋められている。紹介したい短歌が目白押しだが、連作短歌「「十月八日以後」の感想」から二首だけ引用しよう。

「突つ込んだ」映像さびしあの中に目に見えぬ死の充ち満ちたれば

九月十一日。メメント・モリ。

いさみつつ昇りゆきけむ永遠《とことは》にうしなはれたる朝の会議へ

ここにその時々の心情の誠が刻印されているのだとしても、その心情は大辻隆弘のそれと違って、弁疏の言葉を連ねなければならないような種類のものではない。少なくとも生《なま》なものではないと言える。テロリストに対する微妙なシンパシーさえも、歌集の掉尾を飾る傑作、詞書に樋口一葉（一八七二―一八九八）の日記の文体を借りた「樋口一葉、ウサマ・ビン・ラディンに会ひにゆく」においては、高度に文学的な表現に昇華されているのだ。二首だけ引いておこう。

九日。朝うるはしく晴れて、ここパキスタン国《こく》の国境《くにざかひ》も春めきて見ゆるを、かすかなる岩の道をつたひて一路ビン・ラディンうしの岩窟をめざせり。
十日。やうやく探しあてたるは、細き露地の奥のごときあたりに一部屋ありてウサマうし横たはりたまふ。そのやつれ給へる顔いろに思はず涙こぼれて、

からうじて思ひをしづめあひながら灰いろの髭に手をふれむとす

また、「われは知る、テロリストのかなしきこころを」と歌ひし、かの石川一《はじめ》ぬしのことも思ひいでつつ、

うるはしき噂のごとく言へれども人をあやめしのちのこころは

要するに、心情の質が違う以上に心情の練り上げ方が違うのだ。デモーニッシュな感情にせよ原初的な心情にせよ、それは誰もが懐き得るものだが、ただそれをそのまま短歌のかたちにまとめるだけでは、短歌は詩たり得ないのである。その時々に湧き起る心情を掬い取るのはよいが、短歌という詩型の力を借りながらその心情を凝視し、その心情を通して世界を認識しようと努力することこそが肝要なのだ。岡井隆は苛烈なまでにそう努力することによって、読者に世界の新しい見方／見え方を示している。それは大辻隆弘が、自己の心情を生《なま》のまま暴力的に押し付けて読者をうんざりさせているのと、いかにも対照的なことだ。詩が詩であるためには技術が不可欠であるにしても、技術だけでは詩にはならない。悍しく生々しい心情を高度な

技術で飾っただけの大辻隆弘の連作短歌「紐育空爆之図」は、言語現象としては特異な傑作であっても、ついに詩ではなかったのである。

詩は言葉で世界を認識しようとする行為である。短歌という詩型もまた、古来そのために使われてきた。詩型とはすなわち詩の器なのであって、言い換えればそれは、心情の器ではなく認識の器なのである。始まったばかりの二十一世紀は確かに困難な時代であり、酷薄なテロリストたちにせよ戦争好きの政治家たち[10]にせよ、誰もがその時々の感情、大辻隆弘の言葉を借りれば「デモーニッシュな感情」や「「正しい認識」以前の、原初的な心情」にまかせて行動しているように見えるが、そのような感情や心情の吹き荒ぶ嵐の中で歌人は、静かに世界を認識し、その認識を短歌という器に盛り込むべく全力を尽さなければならないのだ。

最後に、連作短歌「部位」に収められた大辻隆弘の一首を引用し、それに並べて、その短歌への批判として書かれたかのような岡井隆の一首を、連作短歌「葡萄系のことば」から引用しておこう。

タリバンをわが精神の支柱とし耐へたる九月十月あはれ[11]

征戎《せんさう》を歌へばいきいきと溷濁《こんだく》すしやうもなやしやうもない短歌《みじかうた》

短歌は「しやうもない」詩型なのだろうか？　否！　瞬間の心情を超えた認識の器であるかぎり、短歌という詩型は真正の詩の器たり得るはずなのである。言うまでもなく二十一世紀の短歌は、まず詩でなければならないのだ。

1　この論攷が書かれた二〇〇四年には、二月にモスクワで地下鉄爆破、三月にマドリードで列車同時爆破、八月にロシアで旅客機同時爆破など大規模な無差別テロルが続き、九月一日に発生した北オセチア共和国ベスラン市の学校占拠事件も、翌々日には悲惨極まりない結末を迎えている。前年に理不尽な戦争が強行されたイラクでは、六月に主権が連合国暫定当局から暫定政府に移譲されたが、十一月にファルージャ総攻撃が実行されるなど、その混乱状態は深化の一途を辿っていた。さらに悪化したその後の状況については言挙げするまでもないだろう。

2　Vid. Theodor W. Adorno, *Prismen. Kulturkritik und Gesellshaft*, 1955.

3　Vid. Theodor W. Adorno, *Negative Dialektik*, 1966. 引用の日本語訳は作品社版『否定弁証法』（一九九六年。この部分の翻訳は三島憲一）に拠った。

4　クルアーン（コーラン／クラーン）では唯一神アッラーは自らに対ししばしば一人称複数の代名詞を使用する。しかしこの pluralis majestatis（royal *we*）を利用して神の視線を導入するほどにはこの歌人はクラフティではない。

5　会田誠に悪意があるとしても、それは戦争そのもの、あるいは画家たちが「戦争画」を描かなければならなかった時代の日本の政府や軍部、さらには二十世紀末の「日米経済摩擦」などに向けられていると考えられる。ミクストメディアと一言で片付けてしまえば済むところをわざわざ使用画材を事細かに列挙し、作品の下地に紙面を透かし見ることができるように貼り込んである日本語の新聞が「日本経済新聞」であることを明示してあるあたりに、批評的悪意とでもいったものを感じ取るべきだろうか。

6　成果と呼べるかどうかはともかく、著者にも「あの惨劇」を詠んだ作品がある。『全人類が老いた夜』（書肆山田、りぶるどるしおる51、二〇〇四年）所収の連作短歌二篇＝「全人類が老いた夜」と「雲隠　光源氏のための挽歌」（本書所収の論攷「定型という城壁――その破壊と再生」参照）、および『ローマで犬だつた』（書肆山田、二〇一三年）の中の一章「（北の砦）と（南の塔）」がそれである。

7　大辻隆弘も高島裕も、本書所収の論攷「定型という城壁——その破壊と再生」において著者が規定した「守旧派」の歌人に分類できるだろう。

8　これは後に触れる論攷「失語状態を超えて」で大辻隆弘が用いたタームである。次註参照。

9　後に大辻隆弘の評論集『時の基底』（六花書林、二〇〇八年）に収められた。

10　息子の方のジョージ・ウォーカー・ブッシュやディック・チェイニー、ドナルド・ヘンリー・ラムズフェルドといったイラク戦争（この戦争の実態や評価については、今やくだくだしい説明を要しないだろう）を強行した連中がそういう政治家を代表していることは、言うまでもないはずだ。彼等を「戦争好きの政治家たち」に含めて考えない、という筆者としては信じられない誤読を本論攷の初出時に何人かの読者がしていた（時のアメリカの政府や軍産複合体を支持しているのではないか、とまで著者は疑われた！）ようなので、敢えて附言しておく。

11　大辻隆弘は後年、その歌集『景徳鎮』（砂子屋書房、二〇一七年）所収のウサマ・ビン・ラディン殺害（二〇一一年五月二日）を題材とした連作短歌「正義」の中で、「聖戦士と呼びて讃へしことありき雨うそざむく降れるかの秋」と詠っている。作者の思想に変化があったと考えるより、ビン・ラディンの死を報されたその時にそういう「心情」が「湧き起こっ」たと、やはり考えるべきなのだろう。まことに「うそさむい」心情ではある。

初出＝「短歌往来」二〇〇四年十二月号《評論シリーズ・21世紀の視座㉟》
再録（註は初出）＝石井辰彦『蛇の舌』（書肆山田、二〇〇七年）附録

覚書

＊砂子屋書房版《現代短歌文庫》の一冊として、ここに『石井辰彦歌集』を上木する。収録作についての書誌学的な詳解はそれぞれの章扉裏に掲載したが、本書全体の構成等について若干の解説を補足しておきたい。因みに標題に「歌集」という言辞を用いた書籍の出版は、著者にとってはこれが初めてとなる。

＊著者の最初期の著作である『七竈』と『墓』の二書を、どちらも全篇収録した。発表時に多くの読者を得たとは言い難い作品群を、改めて世に問う訳である。洵に感慨深いことと言わねばならない。

＊『七竈』所収の連作短歌「七竈」の、それとは微妙に異なる現代短歌大系新人賞受賞時のテクストと、『バスハウス』所収の連作短歌「バスハウス」の、それとは大きく異なる雑誌初出時のテクストとを、それぞれ「七竈 Urtext」「バスハウス Urtext」として収録した。ただこれは、単行本所収のテクストの否定を意味するものではない。ひとつの作品に複数のテクストが存在するのは煩わしいことではあるが、エルンスト・ユンガー的な Autorschaft の特権行使の例として、今日では使用に際して注意が求められる幾つかの単語を敢えてそのまま残した措置と併せ、開豁な読者にはこれを聴容していただきたいと思う。

＊外国語に翻訳された作品の一例として、佐藤紘彰編訳の Tanka from *Bathhouse* を全篇収録した。ここで短歌が一行に訳されていることについては編訳者の「NOTES」を、更には『現代詩としての短歌』に収めた著者のシステマティックな長篇歌論「現代詩としての短歌」を参照されたい。

＊単行本未収録の連作短歌八篇を、文体の特色や創作時期により四つに分かって収録し、未公刊の長歌二首をこれに加えた。その時々の著書のテクスチュアと相容れなかったため、筐底に秘して来た作品群である。

これら十篇は今後も他書には編入せず、本書でのみ読むことができる状態に留め置くこととしたい。

＊巻尾に歌論二篇を収録した。執筆時期からしても前述の「現代詩としての短歌」を補う側面を持つ論攷群だが、プラクティカルな批評の常識からすればややエゴセントリックに過ぎる嫌いがあるかも知れない。

＊ゲスト執筆者による「解説」の類は、前例のあることでもあり、敢えてこれを収載しなかった。

＊韻文と散文との別無く、当初から附されていた註は刪補して残し、「バスハウス Urtext」には新たにこれを附した。饒舌に過ぎて常軌を逸した感のある apparatus criticus だが、著者の文学的遍歴についての一種の回顧録、若しくは著者の創作方法を探る手引として読むことも、あるいは可能かと思う。

＊用字法について。韻文には歴史的仮名遣を、散文には原則として現代仮名遣を使用した。また、散文には原則として現行の略字を用いたが、韻文には発表時の形態に従って適宜正字と略字とを遣い分けた。

＊よりよい状態のテクストを提供すべく、本書全体にやや堅緻な斧鉞を加えた。もとより著者は、完璧なテクストも誤植絶無の書物も厳密には存在し得ないと承知している。否《いや》、誤謬や欠落、誤植の類が、却ってそのテクストに、その書物に、つまりは作者が織り上げたその世界に思いも掛けない藝術的効果を附与する可能性は、誰にも排除できないはずだ。遺作となった長篇詩 *Pale Fire* の中でジョン・シェイドも、こう詠歎していたではないか。Life Everlasting — based on a misprint! と。

＊著者の面倒な註文に見事に応えてしかも綽然たる編集部および組版部門には特に感謝しておきたい。なお本書の表紙と化粧扉とに用いたスポットカラーは、李賀の詩「秋來」の尾聯に因んだものである。

石井辰彦歌集　　現代短歌文庫第151回配本

2020年8月1日　初版発行

著　者　石　井　辰　彦

発行者　田　村　雅　之

発行所　砂　子　屋　書　房
〒101-0047　東京都千代田区内神田3-4-7
電話　03－3256－4708
Fax　03－3256－4707
振替　00130－2－97631
http://www.sunagoya.com
装幀・三嶋典東　　落丁本・乱丁本はお取り替えいたします

現代短歌文庫

（　）は解説文の筆者

①三枝浩樹歌集
『朝の歌』全篇
②佐藤通雅歌集（細井剛）
『薄明の谷』全篇
③高野公彦歌集（河野裕子・坂井修一）
『汽水の光』全篇
④三枝昻之歌集（山中智恵子・小高賢）
『水の覇権』全篇
⑤阿木津英歌集（笠原伸夫・岡井隆）
『紫木蓮まで・風舌』全篇
⑥伊藤一彦歌集（塚本邦雄・岩田正）
『瞑鳥記』全篇
⑦小池光歌集（大辻隆弘・川野里子）
『バルサの翼』『廃駅』全篇
⑧石田比呂志歌集（玉城徹・岡井隆他）
『無用の歌』全篇
⑨永田和宏歌集（高安国世・吉川宏志）
『メビウスの地平』全篇
⑩河野裕子歌集（馬場あき子・坪内稔典他）
『森のやうに獣のやうに』『ひるがほ』全篇
⑪大島史洋歌集（田中佳宏・岡井隆）
『藍を走るべし』全篇
⑫雨宮雅子歌集（春日井建・田村雅之他）
『悲神』全篇
⑬稲葉京子歌集（松永伍一・水原紫苑）
『ガラスの檻』全篇
⑭時田則雄歌集（大金義昭・大塚陽子）
『北方論』全篇
⑮蒔田さくら子歌集（後藤直二・中地俊夫）
『森見ゆる窓』全篇
⑯大塚陽子歌集（伊藤一彦・菱川善夫）
『遠花火』『酔芙蓉』全篇
⑰百々登美子歌集（桶谷秀昭・原田禹雄）
『盲目木馬』全篇
⑱岡井隆歌集（加藤治郎・山田富士郎他）
『鵞卵亭』『人生の視える場所』全篇
⑲玉井清弘歌集（小高賢）
『久露』全篇
⑳小高賢歌集（馬場あき子・日高堯子他）
『耳の伝説』『家長』全篇
㉑佐竹彌生歌集（安永蕗子・馬場あき子他）
『天の螢』全篇
㉒太田一郎歌集（いいだもも・佐伯裕子他）
『墳』『蝕』『獵』全篇

現代短歌文庫

（　）は解説文の筆者

㉓春日真木子歌集（北沢郁子・田井安曇他）
『野菜涅槃図』全篇

㉔道浦母都子歌集（大原富枝・岡井隆）
『無援の抒情』『水憂』『ゆうすげ』全篇

㉕山中智恵子歌集（吉本隆明・塚本邦雄他）
『夢之記』全篇

㉖久々湊盈子歌集（小島ゆかり・樋口覚他）
『黒鍵』全篇

㉗藤原龍一郎歌集（小池光・三枝昻之他）
『夢みる頃を過ぎても』『東京哀傷歌』全篇

㉘花山多佳子歌集（永田和宏・小池光他）
『樹の下の椅子』『楕円の実』全篇

㉙佐伯裕子歌集（阿木津英・三枝昻之他）
『未完の手紙』全篇

㉚島田修三歌集（筒井康隆・塚本邦雄他）
『晴朗悲歌集』全篇

㉛河野愛子歌集（近藤芳美・中川佐和子他）
『黒羅』『夜は流れる』『光ある中に』（抄）他

㉜松坂弘歌集（塚本邦雄・由良琢郎他）
『春の雷鳴』全篇

㉝日高堯子歌集（佐伯裕子・玉井清弘他）
『野の扉』全篇

㉞沖ななも歌集（山下雅人・玉城徹他）
『衣裳哲学』『機知の足首』全篇

㉟続・小池光歌集（河野美砂子・小澤正邦）
『日々の思い出』『草の庭』全篇

㊱続・伊藤一彦歌集（築地正子・渡辺松男）
『青の風土記』『海号の歌』全篇

㊲北沢郁子歌集（森山晴美・富小路禎子）
『その人を知らず』を含む十五歌集抄

㊳栗木京子歌集（馬場あき子・永田和宏他）
『水惑星』『中庭』全篇

㊴外塚喬歌集（吉野昌夫・今井恵子他）
『喬木』全篇

㊵今野寿美歌集（藤井貞和・久々湊盈子他）
『世紀末の桃』全篇

㊶来嶋靖生歌集（篠弘・志垣澄幸他）
『笛』『雷』全篇

㊷三井修歌集（池田はるみ・沢口芙美他）
『砂の詩学』全篇

㊸田井安曇歌集（清水房雄・村永大和他）
『木や旗や魚らの夜に歌った歌』全篇

㊹森山晴美歌集（島田修二・水野昌雄他）
『グレコの唄』全篇

現代短歌文庫

（　）は解説文の筆者

㊺上野久雄歌集（吉川宏志・山田富士郎他）
『夕鮎』抄、『バラ園と鼻』抄他

㊻山本かね子歌集（蒔田さくら子・久々湊盈子他）
『ものどらま』を含む九歌集抄

㊼松平盟子歌集（米川千嘉子・坪内稔典他）
『青夜』『シュガー』全篇

㊽大辻隆弘歌集（小林久美子・中山明他）
『水廊』『抱擁韻』全篇

㊾秋山佐和子歌集（外塚喬・一ノ関忠人他）
『羊皮紙の花』全篇

㊿西勝洋一歌集（藤原龍一郎・大塚陽子他）
『コクトーの声』全篇

(51)青井史歌集（小高賢・玉井清弘他）
『月の食卓』全篇

(52)加藤治郎歌集（永田和宏・米川千嘉子他）
『昏睡のパラダイス』『ハレアカラ』全篇

(53)秋葉四郎歌集（今西幹一・香川哲三）
『極光―オーロラ』全篇

(54)奥村晃作歌集（穂村弘・小池光他）
『鴇色の足』全篇

(55)春日井建歌集（佐佐木幸綱・浅井愼平他）
『友の書』全篇

(56)小中英之歌集（岡井隆・山中智恵子他）
『わがからんどりえ』『翼鏡』全篇

(57)山田富士郎歌集（島田幸典・小池光他）
『アビー・ロードを夢みて』『羚羊譚』全篇

(58)続・永田和宏歌集（岡井隆・河野裕子他）
『華氏』『饗庭』全篇

(59)坂井修一歌集（伊藤一彦・谷岡亜紀他）
『群青層』『スピリチュアル』全篇

(60)尾崎左永子歌集（伊藤一彦・栗木京子他）
『彩紅帖』全篇『さるびあ街』（抄）他

(61)続・尾崎左永子歌集（篠弘・大辻隆弘他）
『春雪ふたたび』『星座空間』全篇

(62)続・花山多佳子歌集（なみの亜子）
『草舟』『空合』全篇

(63)山埜井喜美枝歌集（菱川善夫・花山多佳子他）
『はらりさん』全篇

(64)久我田鶴子歌集（高野公彦・小守有里他）
『転生前夜』全篇

(65)続々・小池光歌集
『時のめぐりに』『滴滴集』全篇

(66)田谷鋭歌集（安立スハル・宮英子他）
『水晶の座』全篇

現代短歌文庫

（　）は解説文の筆者

67 今井恵子歌集（佐伯裕子・内藤明他）
『分散和音』全篇

68 続・時田則雄歌集（栗木京子・大金義昭）
『夢のつづき』『ペルシュロン』全篇

69 辺見じゅん歌集（馬場あき子・飯田龍太他）
『水祭りの桟橋』『闇の祝祭』全篇

70 続・河野裕子歌集
『家』全篇、『体力』『歩く』抄

71 続・石田比呂志歌集
『孑孑』『忘八』『涙壺』『老猿』『春灯』抄

72 志垣澄幸歌集（佐藤通雅・佐佐木幸綱）
『空壜のある風景』全篇

73 古谷智子歌集（来嶋靖生・小高賢他）
『神の痛みの神学のオブリガード』全篇

74 大河原惇行歌集（田井安曇・玉城徹他）
未刊歌集『昼の花火』全篇

75 前川緑歌集（保田與重郎）
『みどり抄』全篇、『麥穂』抄

76 小柳素子歌集（来嶋靖生・小高賢他）
『獅子の眼』全篇

77 浜名理香歌集（小池光・河野裕子）
『月兎』全篇

78 五所美子歌集（北尾勲・島田幸典他）
『天姥』全篇

79 沢口芙美歌集（武川忠一・鈴木竹志他）
『フェベ』全篇

80 中川佐和子歌集（内藤明・藤原龍一郎他）
『霧笛橋』全篇

81 斎藤すみ子歌集（菱川善夫・今野寿美他）
『遊楽』全篇

82 長澤ちづ歌集（大島史洋・須藤若江他）
『海の角笛』全篇

83 池本一郎歌集（森山晴美・花山多佳子）
『未明の翼』全篇

84 小林幸子歌集（小中英之・小池光他）
『枇杷のひかり』全篇

85 佐波洋子歌集（馬場あき子・小池光他）
『光をわけて』全篇

86 続・三枝浩樹歌集（雨宮雅子・里見佳保他）
『みどりの揺籃』『歩行者』全篇

87 続・久々湊盈子歌集（小林幸子・吉川宏志他）
『あらばしり』『鬼龍子』全篇

88 千々和久幸歌集（山本哲也・後藤直二他）
『火時計』全篇

現代短歌文庫

（　）は解説文の筆者

⑧⑨田村広志歌集（渡辺幸一・前登志夫他）
『島山』全篇
⑨⓪入野早代子歌集（春日井建・栗木京子他）
『花凪』全篇
⑨①米川千嘉子歌集（日高堯子・川野里子他）
『夏空の櫂』『一夏』全篇
⑨②続・米川千嘉子歌集（栗木京子・馬場あき子他）
『たましひに着る服なくて』『一葉の井戸』全篇
⑨③桑原正紀歌集（吉川宏志・木畑紀子他）
『妻へ。千年待たむ』全篇
⑨④稲葉峯子歌集（岡井隆・美濃和哥他）
『杉並まで』全篇
⑨⑤松平修文歌集（小池光・加藤英彦他）
『水村』全篇
⑨⑥米口實歌集（大辻隆弘・中津昌子他）
『ソシュールの春』全篇
⑨⑦落合けい子歌集（栗木京子・香川ヒサ他）
『じゃがいもの歌』全篇
⑨⑧上村典子歌集（武川忠一・小池光他）
『草上のカヌー』全篇
⑨⑨三井ゆき歌集（山田富士郎・遠山景一他）
『能登往還』全篇
⑩⓪佐佐木幸綱歌集（伊藤一彦・谷岡亜紀他）
『アニマ』全篇
⑩①西村美佐子歌集（坂野信彦・黒瀬珂瀾他）
『猫の舌』全篇
⑩②綾部光芳歌集（小池光・大西民子他）
『水晶の馬』『希望園』全篇
⑩③金子貞雄歌集（津川洋三・大河原惇行他）
『邑城の歌が聞こえる』全篇
⑩④続・藤原龍一郎歌集（栗木京子・香川ヒサ他）
『嘆きの花園』『19××』全篇
⑩⑤遠役らく子歌集（中野菊夫・水野昌雄他）
『白馬』全篇
⑩⑥小黒世茂歌集（山中智恵子・古橋信孝他）
『猿女』全篇
⑩⑦光本恵子歌集（疋田和男・水野昌雄）
『薄氷』全篇
⑩⑧雁部貞夫歌集（堺桜子・本多稜）
『崑崙行』抄
⑩⑨中根誠歌集（来嶋靖生・大島史洋雄他）
『境界』全篇
⑪⓪小島ゆかり歌集（山下雅人・坂井修一他）
『希望』全篇

現代短歌文庫

（ ）は解説文の筆者

(111) 木村雅子歌集（来嶋靖生・小島ゆかり他）
『星のかけら』全篇

(112) 藤井常世歌集（菱川善夫・森山晴美他）
『氷の貌』全篇

(113) 続々・河野裕子歌集
『季の栞』『庭』全篇

(114) 大野道夫歌集（佐佐木幸綱・田中綾他）
『春吾秋蟬』全篇

(115) 池田はるみ歌集（岡井隆・林和清他）
『妣が国大阪』全篇

(116) 続・三井修歌集（中津昌子・柳宣宏他）
『風紋の島』全篇

(117) 王紅花歌集（福島泰樹・加藤英彦他）
『夏暦』全篇

(118) 春日いづみ歌集（三枝昻之・栗木京子他）
『アダムの肌色』全篇

(119) 桜井登世子歌集（小高賢・小池光他）
『夏の落葉』全篇

(120) 小見山輝歌集（山田富士郎・渡辺護他）
『春傷歌』全篇

(121) 源陽子歌集（小池光・黒木三千代他）
『透過光線』全篇

(122) 中野昭子歌集（花山多佳子・香川ヒサ他）
『草の海』全篇

(123) 有沢螢歌集（小池光・斉藤斎藤他）
『ありすの杜へ』全篇

(124) 森岡貞香歌集
『白蛾』『珊瑚數珠』『百乳文』全篇

(125) 桜川冴子歌集（小島ゆかり・栗木京子他）
『月人壮子』全篇

(126) 柴田典昭歌集（小笠原和幸・井野佐登他）
『樹下逍遙』全篇

(127) 続・森岡貞香歌集
『黛樹』『夏至』『敷妙』全篇

(128) 角倉羊子歌集（小池光・小島ゆかり）
『テレマンの笛』全篇

(129) 前川佐重郎歌集（喜多弘樹・松平修文他）
『彗星紀』全篇

(130) 続・坂井修一歌集（栗木京子・内藤明他）
『ラビュリントスの日々』『ジャックの種子』全篇

(131) 新選・小池光歌集
『静物』『山鳩集』全篇

(132) 尾崎まゆみ歌集（馬場あき子・岡井隆他）
『微熱海域』『真珠鎖骨』全篇

現代短歌文庫

（　）は解説文の筆者

133続々・花山多佳子歌集（小池光・澤村斉美）
『春疾風』『木香薔薇』全篇
134続・春日真木子歌集（渡辺松男・三枝昂之他）
『水の夢』全篇
135吉川宏志歌集（小池光・永田和宏他）
『夜光』『海雨』全篇
136岩田記未子歌集（安田章生・長沢美津他）
『日月の譜』を含む七歌集抄
137糸川雅子歌集（武川忠一・内藤明他）
『水螢』全篇
138梶原さい子歌集（清水哲男・花山多佳子他）
『リアス／椿』全篇
139前田康子歌集（河野裕子・松村由利子他）
『色水』全篇
140内藤明歌集（坂井修一・山田富士郎他）
『海界の雲』『斧と勾玉』全篇
141続・内藤明歌集（島田修三・三枝浩樹他）
『夾竹桃と葱坊主』『虚空の橋』全篇
142小川佳世子歌集（岡井隆・大口玲子他）
『ゆきふる』全篇
143髙橋みずほ歌集（針生一郎・東郷雄二他）
『フルヘッヘンド』全篇
144恒成美代子歌集（大辻隆弘・久々湊盈子他）
『ひかり凪』全篇
145続・道浦母都子歌集（新海あぐり）
『風の婚』全篇
146小西久二郎歌集（香川進・玉城徹他）
『湖に墓標を』全篇
147林和清歌集（岩尾淳子・大森静佳他）
『木に縁りて魚を求めよ』全篇
148続・中川佐和子歌集（日高堯子・酒井佐忠他）
『春の野に鏡を置けば』『花桃の木だから』全篇
149谷岡亜紀歌集（佐佐木幸綱・菱川善夫他）
『臨界』抄、『闇市』抄、他
150前川斎子歌集（江田浩司・渡英子他）
『斎庭』『逆髪』全篇
151石井辰彦歌集
『七竃』『墓』全篇、『バスハウス』抄、他

（以下続刊）

水原紫苑歌集　　篠弘歌集
馬場あき子歌集　　黒木三千代歌集